明与暗的角力

MING YU AN DE JIAOLI

惠子 著

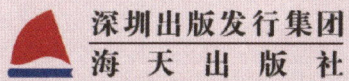

深圳出版发行集团
海天出版社

图书在版编目（CIP）数据

明与暗的角力 / 惠子著. — 深圳：海天出版社，2012.1

（小话题·大智慧）

ISBN 978-7-5507-0307-0

Ⅰ. ①明… Ⅱ. ①惠… Ⅲ. ①随笔－作品集－中国－当代 Ⅳ. ①I267.1

中国版本图书馆CIP数据核字(2011)第234761号

出 品 人：尹昌龙
策　　划：毛世屏
责任编辑：薛惠文
　　　　　王　颖
装帧设计：黄　霞
责任技编：蔡梅琴

出版发行：海天出版社
地　　址：深圳市彩田南路海天大厦（518033）
网　　址：www.htph.com.cn
设计制作：深圳市玛雅工作室
印　　刷：深圳市华信图文印务有限公司
开　　本：240x170mm　1/32
印　　张：4.875
字　　数：120千字
版　　次：2012年1月第一版
印　　次：2012年1月第一次印刷
印　　数：1-6000册
本册定价：25.00元

序言

(Preface)

　　世间之上，古今中外，浩浩荡荡之史、纪、传作品，数不胜数。经大家之手挥洒而就的，那才是亘古之大奇，后人只有望其项背之份儿！往往能够传世的作品，肯定也是巨著宏篇，恢弘异常，非一般作品可与之比肩，更不要自诩"大作"、"巨作"之想。然而，文字作品好比是精神营养品，有些是用作增强身体抵抗力，也有一些是用作美容驻颜。作品的内容定位决定了它的读者对象，同时也是对该书的作用作出了很好的评价。

　　图书一旦成为我们生活中的"良师"和"益友"，其醍醐灌顶的作用就会不言而喻。很多人一辈子可能记不住一个人的名字，却能记住小时候从某本书中看到的一句话，并且一生一世都不会忘记。书本的神奇就在于它是永恒的，像忠实的朋友一样陪伴着你，在你孤独的时候，它会静静地守候在你的身边，做你的精神伴侣。

　　世界上有各种各样的图书，它们的表现形式无不大同小异，唯一的区别就是内容和文字的不同。英美国家的图书大多以硬壳精装的装帧设计为主，消费水平相对平均。不像我们国家的图书，走的还是"大众化"路线，以服务大众为主。我们的读者是很给力图书市场的，但凡有了新的图书，大家都会以一种特有的热情去追捧，以先睹为快成为最大的满足。有人以藏书为乐，并取名曰"集雅堂"。堂主最近居心叵测，有心要将朋友即将出版的《明与暗的角力》一书收入囊中。

　　生活当中的确经常会与"明与暗"交汇，而且总是会在不经意之间，不知不觉地就让它在自己的眼皮底下溜了过去。不曾想到的是，有一天，这位有心的作者，就用它创作出了这么一篇大文章，对于现实生活和职场交替中的拼搏者来说，肯定会有很好的现实指导意义。

该书的取材和话题的选点皆妙趣横生，图文可谓"珠联璧合"，灵动而合拍，岂可只为束之高阁矣。偶为闲暇之时翻看，也是开启智慧宝库，启迪个人心智，其乐无穷的书籍。

情趣、人生、理想、事业，这些都是我们每一个人时常挂在嘴边的话题，要想把自己的生活变得更加有质量，就不妨多听、多看和多行，这样就能够更好地丰富自己的人生。

千万不要忽视自己身边的一些细小事情，它也许就是你生命中某一天会遇到的大事情。只要你事先对这样的问题有所认识，你必然会坦然处之。或者你可以举一反三，从中得到更多的收益，你对待纷繁多变的生活就不再是节奏混乱，而是变得越发地从容了。

集雅堂先生

目录

明与暗的角力

目录

小话题·大智慧

明与暗的角力

"上士闻道，勤而行之；中士闻道，若存若亡；下士闻道，大笑之。不笑不足以为道。故建言有之：明道若昧；进道若退；夷道若颣。

——《道德经第41章》

明： 明白清楚，显露在外。

暗： 隐藏不露，不清楚

明与暗的角力

小话题·大智慧

明与暗

『正罡篇』

话题一
明暗之争成就的伟业

唐太宗李世民的性格极具"明""暗"两面性，他是中华民族历代封建帝王中最杰出者之一，并开创了一个封建王朝的辉煌历史。表面上，李世民是一个能征善战、爱护下属、思想开明、智慧澄澈，内敛容忍、仁慈豁达的公众形象。暗地里，他处心积虑、僭越王位，策动"玄武门之变"，亲手手刃自己的亲哥哥。就是这位"宅心仁厚"的皇帝、父亲、丈夫、泱泱大国的首脑，创"贞观之治"、"开元盛世"和"治世"伟业，其政治之清明，国家之强盛，版图之大、民族之团结，古之封建王朝未之有也！　唐朝是中华多民族共存共融的社会，它特有的社会形态至今仍然对整个华夏民族的文化发展有着深远影响，并且在文化发展上产生了不可磨灭的奠基作用。在此意义上来说，李世民就是中华民族历史发展进程中重要的领导者和推动者之一。

密匙：一代帝王李世民为何能够取得如此辉煌的成就？这位伟大的君主，慈父、王子、殿下和领袖，他把人性所具有的"光明"和"黑暗"的两面性都把握得很准，甚至他还将儒家、道家、兵家、法家之各家所长"共治一炉"，很"滋补"地加以"享用"，火候更是恰到好处。李世民把中国古代封建王权的谋略文化中的慈、忍、变、残都运用得

炉火纯青，把各家思想、各方流派都融为己用。世间之上竟会有如此明智之人，能够在很短的时间内，把自己从思想观念，行事手法和内心的宽容、眼光的远大等诸多方面来一个长足的改变，他的自我不断完善，最终成就了他的伟业，也就是只有李世民才能将这一切在短短的十多年里做到的。

话题二
士为知己者死的磊落人格

　　春秋时期 "七霸" 之一的明星人物楚庄王，作为新登王位的他，曾经上演了一场真人秀。在现在的语文教科书里我们仍然可以读到这样一则故事："一个君王刚刚继位，每日里只是声色犬马，三年没有作为。着急的大臣忍不住去'启发教育'他，没想到这位君主却说出'不鸣则已，一鸣惊人'的豪言壮语"。果然，这位楚庄王就此开始了他发愤图强的君主奋发向上的历程。在一次平定令尹若熬氏集团势力的叛乱后，高兴异常的楚庄王宴请所有的文武大臣。楚庄王说："我六年没有喝酒了，今天破例，大家要喝个尽兴。"说完还叫自己的爱妃许美眉出来为在座的人斟酒助兴。正当酒酣耳热之时，一阵大风把堂上的蜡烛全都吹灭了，四周一片漆黑。就在这个时候，一只"咸猪手"在暗地里揩了许美

眉的油，许美眉也趁势一把将对方的官帽缨子夺在手里，并告知了楚王。楚老大大声说："且慢点火，今晚既然是大家痛饮，就不必穿戴整齐了，都把帽缨子摘下来吧！"最后这场宴席尽欢而散，但楚王和许美眉都始终不知道帽缨子的主人是谁。楚王对闷闷不乐的许美眉说："武将们都是些粗人，喝多了就发起了酒疯来，又见你这般的美丽，能不动心？如果查出来了治罪，弄得都没趣了。"后来，在与晋国的交战中，楚军不敌对方，楚王五次深陷被包围的危情之中。有一名大将勇猛异常，反复将楚王从险境中救出，自己身上却是刀伤无数。楚王为他的行为而感动，问他为何如此舍命救自己？这位将军说自己正是那个"被夺帽缨的人"，士为知己者死，现在就是报答的最好时机。

密匙：俗话说："宰相肚里能撑船，元帅肩上能跑马"。讲的就是有些人所具有的博大心胸和气度。有人把这种气度称之为"雅量"，这的确反映了名士们的真风流。楚庄王性格大度、容人，在残酷而复杂的环境中，始终都是游刃有余，渡过一次次的难关，赢得"士为知己者死"的回报。人无远虑，必有近忧，你要是能够宽容别人缺点，往往在危难之中也会有人挺身而出为你解围。这恰恰就应了那样一句话："明里暗里都做好事"的人，是会有好的结果的。

话题三
博大胸怀与光明的内心

在古代除了帝王将相之外，还有一些人的身份也比较突出。尽管他们都是处在幕后，从事的是幕僚的角色，其业绩与成就，要是与那些王侯们相比，也只能算作是"配角"。但是，也正是因为有了这些配角的存在，依靠他们的智慧和谋略，才会在不同的历史时期和不同的历史事件中留有记录他们光彩夺目的佐证。三国时期曹操的谋士荀彧为曹操谋士。荀彧生性仁厚、忠良，富有同情心和爱心，这就形成了他善良宽厚、高风亮节的人性特点。他为曹操所出的谋略都是"明招"而不是"暗招"。当降臣许攸向曹操献计要"火烧袁绍粮库"的计策，并且获得大胜的奇功。"功高莫过救驾，计毒莫过绝粮"，"断粮"这一步棋本来荀彧暗地里是想到过的，但他没有明说出来。现在他提出"乘胜追击"的打法，被曹操所采纳。此计很奏效，袁绍被打得大败，狼狈逃窜。曹军曾经攻打邳城，久攻不下，军队疲乏。曹操面对的是计谋也不差的陈宫，当时荀彧也随军。他向曹操出计，建议少伤人，引沂水和泗水摧毁城墙。果然此计奏效，吕布被擒。可以说，正是荀彧竭尽全力所策划的计谋，才使曹操一次次地获胜，最后曹操为荀彧向朝廷请封为陵树亭侯。

密匙：古时候的谋士在史书上常有记载，对于介绍他们故事的书，也是屡见不鲜。但是，历史上

明与暗的角力

小话题·大智慧

多数都是以"阴损"招数取胜者居多，还美其言为"良谋毒计"。像荀彧者以敦厚、仁爱心谋事，对所谓的"兵家诡道"奉行自己的"明道"行事风格，如此行事风格的人还会被曹操这样多疑而又强悍的人所依仗，实属不易。"恪守正道"是正义力量的伟大之处，高尚的道德和学问，也会使人的谋略成为光明磊略的正义权谋。

话题四

侠肝义胆 义薄云天

　　中国古代曾经涌现过不少的侠客英雄，尤其是在春秋战国时期，有那么一些侠肝义胆、气薄云天的豪迈之士。他们高举"尚义"的旗帜，富有文士士人的激情与豪迈，又有武士的仗义与浪漫。他们处在"礼崩乐坏"、"道德逾下"和"人心不古"的乱世时代，自认为肩负着传统的道德理想，幻想着用自己手中的"正义之剑"来拯救现实社会。他们倡导"光明的社会"，反对"黑暗的霸权"，尤其反对以秦王嬴政所领导的"统一和兼并策略"的秦国。这些勇士里面就包括"荆轲刺秦"里的荆轲，替吴国公子光夺位的专诸，杀身成仁、自毁容颜的聂政、舍高官厚禄，自毁以保明节的要离。这些人都是舍生取义之士，并且都曾经被赠予重金，却

为一个承诺和一种使命而献身，他们的行为仅仅就是维护"诚信"和"道义"。

密匙：正如上面所说到的四个人，都是奉行和讲求"守信誉、守原则、讲道义、讲忠勇"，具有一往无前的勇敢精神的"勇士"，就算是牺牲自己的性命也在所不惜。他们不以成败论英雄，只认准真理和道义在手，就千方百计地去完成。只要交到他们手上的事情，那就是一种"担保"和"承诺"，不存在出尔反尔和"变节"的情况。他们用自己的行为，谱写了那个时代人性魅力的悲歌。当然，他们的行为也肯定会受那个时代的政治环境和社会环境所局限，我们一方面要以先进的思想和立场看待和评价这样的行为，另一方面也要客观审视我们看问题的标准和看法。

话题五
在微言谨行中方显大义

台湾著名的企业家、有塑胶大王之称的王永庆，尽管他拥有的天文数字财富不为外人所尽知，但他节俭的生活方式是越来越被大家所了解。他规定一个公司内部互相来往的信

封一定要反复使用过30次后才准许作废。你在他的身上是看不到什么名牌和金银首饰的装饰。被誉为上世纪初美国石油大王的洛克菲勒，他的财富"富可敌国"，但是他也是极其克勤克俭，甚至是到了"吝啬"的程度。他整天就在琢磨一件事情："为什么自己工厂所加工的一加仑石油就需要1分8厘2毫，而其他的工厂就可以少1毫？"他誓言要把最好最便宜的石油提供给自己的国家，他要让美国所有的工薪阶层都能消费到最好最便宜的美国石油。洛克菲勒因为小时候衣服穿得破烂而被拒绝参加小学毕业拍照，贫穷对他的内心烙下伤痕。他对自己的孩子很少打骂，而是把精打细算的"传统"留给了他们。

密匙：王永庆和洛克菲勒都是富甲一方的大富豪，但他们的共同之处就是"节俭"。洛克菲勒说过："我的财富很大一部分是从节俭中省出来的"。这话一点不假，就算是"金山银山也经不住大肆的挥霍让钱财去得更快。"懂得珍惜，知道惜福，做任何事情都特别地谨慎，这样的人连老天爷都会乐意帮他一把。

话题六

人性的光辉与学艺同馨

上世纪人类科学界有两位至今尚无人能够超过他们成就

的伟人，他们一个是社会科学家佛洛伊德，他为人类贡献了精神分裂学说，把人类对自身的认识提高到一个前所未有的阶段；另一个是物理学家爱因斯坦，他提出的相对论不但为当代物理学开创了一条新路，甚至还开辟了物理学的新纪元，并且还改变了人类对宇宙的重新认识。人们把他的相对论叫做"爱因斯坦万有引力定律"。自从相对论诞生以来，目前还没有哪一位科学家的成就可以与之相提并论。爱因斯坦毕竟是一位伟大的科学家，也是一位富有哲学头脑的思想家。他的理论高深莫测，他又是一位不修边幅的人，他的小提琴造诣也非常之深。1905年的诺贝尔物理学奖相对论（狭义相对论）问世，这是质量和运动、质量和能量之间的相互关系。这位伟人为人类贡献的是一个全新的能量世界。但是，他的个人生活却是充满着孤独、无奈和波折。他一生结了两次婚，他晚年的生活以简单再简单出名，并最终在无奈与沉寂中走完了他的人生历程。

密匙：爱因斯坦的去世，全世界的人都在缅怀他，大家都为失去人类这样一位伟大的科学家而感到痛惜。人们用各种各样的语言和发自内心的感慨来赞颂这位科学家，追念爱因斯坦对现代科学事业做出的不朽贡献。爱因斯坦一生"孤独"，并且就是在这样的"伟大孤独"之中完成了他的伟大事业。在爱因斯坦去世多年之后，这样高深的学问和知识，只配由爱因斯坦独自享用，至今尚没有人能够敲开这扇继爱因斯坦离去以后就紧紧关闭的高深学科的殿堂大门。

话题七

奇伟独行终成大器

　　熊十力在我们中国的现代文化史上应该算得上是一位"奇人"，在中国的哲学领域有着很高的造诣，足以称得上是此门类学科学派的宗师。当时的北京大学校长蔡元培先生采取兼容并包的教学管理理念，在学术上采取纵横捭阖的开放政策，为各方教工广开科学和言论的自主大门。正所谓："蔡元培慧眼识十力，梁漱溟走马荐英才"。熊十力的《新唯识论》诞生了，这是熊十力历时十年，结合自己的教学体验逐渐形成自己的一套哲学概念，一步一步开始背离师说，并融通佛、儒，营建亲论，自成一体。熊十力一生实践"与天下庶民同忧患"的思想实体，一生爱国、爱民，爱传统，以 "发奋忘食，乐而忘忧" 来勉励自己。一生研究《周易》，治学上又特立独行，使人难以接近。他一生无积蓄，生活清贫，他是生活和人格的最真实典范。

　　密匙：生活拮据的熊十力靠朋友的接济过日子，他出版了《读经示要》，朋友徐复观把此书转送与蒋介石，蒋介石馈赠200万法币。熊十力痛斥朋友的莽撞行为，并将这些钱全部转赠给了学校，希望把这些钱用来扩充学校的基本建设。而作为一心做学问的熊十力从来就没有想过要怎样改善自己

和家庭的生活，却将自己的整个身心都投放在了教育上面，其忧患意识和热爱意识全部倾注在中国文化的存亡续绝之上。"一个民族要有自己的哲学"，这就是熊十力想创新哲学系的出发点，也是一名旧中国知识分子对自己国家和自己钟爱的教育事业所具有的一份良知。

话题八

精神富足物资匮乏的文学"怪人"

有一个人，他曾经为日本现当代文学做出过重要的贡献，他的成就，除了他为自己的国家和民族争得了荣誉，荣获诺贝尔文学奖，在整整半个世纪的创作生涯中，他还一共创作了500部、篇文学作品，包括小说、诗歌、散文、杂文、文艺评论等题材形式，他就是日本最杰出的文学家之一川端康成。苦难的童年生活，亲人的不断离世，10岁前就分别失去了父母双亲、祖母和唯一的姐姐。他整日与自己眼瞎、耳聋、驼背的爷爷独对无语。如此的凄凉和苍然，对这位日后的作家是不是会埋下"内心悲苦"的阴影。生活的贫困和缺乏经营的作家一贫如洗，常常吃了上顿就没有了下顿。家里因为欠费而被煤气和电气公司"断气"，"断电"。因为贫困，家里连张桌子都没有，他的很多作品都是伏身在一个装啤酒瓶的空纸皮箱上写出来的。他的名作《伊豆舞女》《雪国》就是在这样的情况下诞生。1968年10月，以川端康成的《雪国》《古都》《千只鹤》三部代表作合集的作品获得了诺贝尔文学奖。只有大的胸襟和高远的视野才能成就不朽的作品，从川德康成的作品我们就可看出，生活的磨砺只会使作家对生活的描写和刻画更加的入木三分，没有此番经历和体验，别人终将是难以取代的。

密匙："伟大的人物都有其性格怪异的一面，而这性格怪异之处，恰恰就是我们平常人所缺少的。"川端康成的性格是从小时候就开始形成的。一个年纪尚小的孩子，还没有学会什么是坚强的时候，就要面对自己的至亲接二连三地离开自己，其内心之悲，其感情之苦，只有当事人自己最了解。在荣获诺贝尔大奖3年之后，川端康成用含煤气管的方式自杀。没有留下遗书，但他早前说过这样的话："自杀而无遗书，是最好不过的了。无言的死，就是无限的活。"也许是生活中遇到太多的苦难和黑暗，内心的光明在退却，才使作家有了轻生的念头。

明与暗【正篇】

明与暗的角力

小话题·大智慧

话题九

艰苦磨砺成就辉煌霸业

一个人要是有着坚忍不拔、不屈不挠、百折不弯的意志力，除了敌人和对手害怕他之外，连他自己都会畏惧自己，因为他不知道自己还能有多大的爆发力未使出来。晋献公晚年宠幸郦姬，郦姬害死了太子申生，又想加害重耳，重耳只能出逃，于是就开始了他长达19年的"流亡"生活。这样的生活并非是好事，没钱、没米，还被人追杀。被饿得头晕眼花的重耳稀里糊涂地喝到了一碗肉汤，却是随从用自己大腿上的肉炖的。重耳颠沛流离，四处逃难，为的就是能够东山再起，伺机复位。在楚国"避难"时，正当楚王问自己"何以报答"时，这位表面落魄、内心坚强的公子面对强大的对手许以"退避三舍"的承诺。他的敏锐、智慧、坚韧和斗志曾经遭受过意志力的挑战和来自未来对手左右杀机四伏的挑战；屡次的狼狈出逃却更加坚定了他的意志。重耳从43岁起开始逃亡，62岁开始即位，然后开始了他"春秋五霸"霸主之一的辉煌历程。

密匙：历经磨难、百折不挠是性格坚韧不屈的一种表现。"天将降大任于斯人也，必先苦其心志，劳其筋骨，饿其体肤，空乏其身，行拂乱其所为，所以，动心忍性，增益其所不能。"要成就一番大业，必须要有"常人不能忍和匪夷所思的本领"。越是在环境艰苦的时候，就越是能够考验一个人的坚韧意志。内心时常怀有大义的人，他就会视一切艰难险阻如土坎，一次一次迈过，最终锁定目标前行。"共贫贱易，共富贵难"，这些都是重耳流亡过程中与他的随从所留下的经典话语，可见他的经历和言行至今对我们的文化流传影响之大。

话题十
心怀大志忍辱负重成大业

"凡是一个忍字就可以试探出这个人的真实内心，是真君子还是假小人，不是伪装得了的。"中国文化历史上最能"忍"的人当属越王勾践了。"棋逢对手将遇良材"此言不假。吴王阖闾攻越败北，受伤而亡。其子夫差继位，发誓要替父报仇。他厉兵秣马，倾全国之力犯越，越国惨败，越王勾践和夫人即成阶下囚。这段时间，估计夫差最快活的事情莫过于就是看着勾践干最粗贱的活了。勾践夫妇被迫在阖闾坟边养马，给夫差当马蹬，为夫差牵马，遭受路人指指点点的讥讽。这些都不是强项，为了表示自己的"臣服"，勾践竟然去尝夫差的便便（呕吐啊！是可忍孰不可忍。）这就是一个胸怀复国大志者的行为，"能做常人所不能事"。古训有言"士可杀不可辱"，"宁为玉碎，不为瓦全"这些都不

明与暗的角力

小话题·大智慧

是越王勾践的人生信条，"留得青山在，不怕没柴烧"，"君子报仇十年不晚"这才是勾践的人生座右铭。就这样整整干了10年，连夫差都认为已经把勾践改造成一个服服帖帖的"臣子"了，该放他回去了。于是"虎落平阳"的勾践大虫翻过身来就变成了一条大龙，就能把冤家对头打翻，咬死，"置之死地而后快"。这个吃得苦中苦的人，最终也成为春秋时期的霸主之一了。

密匙：一个人一旦变得意志力超强的话，其内心必定是怀抱着宏大抱负，面对各种各样的问题和压力，都不会成为阻挡他前进的阻力。所以但凡想成就伟大抱负的人就要有跟常人不一样的意志力，要有坚强的耐力和任何困难都动摇不了的强大内心，并且朝着目标勇敢前行的恒定信念，要把吃苦看作是希望和成功的开始，要把阻碍当作是成功的基石，如果已经达到这样的修炼程度，再加上自信和把握，你就会离成功的目标越来越近了。

明与暗的角力

"上德若谷；广德若不足 ；建德若偷；质真若渝；大白若辱；大方无隅；大器晚成；大音希声；大象无形；道隐无名。夫唯道，善贷且成。

—— 《道德经41章》

小话题·大智慧

明与暗的角力

小话题·大智慧

2

明与暗

『行健篇』

话题一
刖正与阿谀反其道而行

　　一个人要是为了崇高的目标经受命运的考验，其经历以及他自己所做的一切，都会是人格光辉的体现。相反，假如他是做了违背正义的事情，不论他的出发点如何，他的居心叵测，他的动机不良，终有一天是会大白于天下，此后他的名字就会被钉牢在历史的耻辱架上。南宋时期整个社会都出现了一种畸形的"怪异现状"，社会积弱不振，宋高宗害怕迎回自己的父亲和兄长"二圣"，对北金一味委曲求全。"精忠报国"的岳飞率领着他的"岳家军"在朱仙镇大败了金兀术，并准备渡过黄河，向北方挺进的时候，朝廷的"择日班师，不可轻进"的"圣谕"就"及时"来到。朝廷在一天之内，连发12道金牌催逼"岳家军"撤军。一心为国效力、正直不阿的岳飞，等着他归来的不是鲜花和掌声，而是一个暗中早就设好的"莫须有"（也许有）的罪名被问斩。此事的"成功"策划者就是在中国传统道德文化中被冠以千古骂名的秦桧。此人为了向北金妥协，不惜罗列罪名，杀害忠良，签署一边倒合约，牵制高宗，打压大臣，排除异己，是个十恶不赦的大贱人。其夫妻一起合谋害死了忠良，于是被后人铸铁身跪在岳飞墓前赎罪。这也正好昭示了大众同情忠良、颂扬义善、痛恨邪恶的民心所向，以及反映出人们热爱光明和痛恨黑暗的内心反照。

　　密匙：关于岳飞和秦桧这对历史人物所代表的

两种不同的人性，恰恰反映了正反两面不同的政治观念和人格信仰。历史就是这样：由什么样的人来唱主角，尽管剧情没变，情节一样，但演出来的戏味就完全不一样了。人物的内心就是这样一种人性的真实反映，按照常理表现，正是人们精神面貌和内心的写照。"天日昭昭，天日昭昭"，"多行不义必自毙"，一切都是自有公论的。

话题二
雄心与野心决定命运的轨迹

　　法国作家司汤达的《红与黑》塑造了一个于连和"红与黑"。有人说"红"的含义就是指法国大革命和拿破仑战争的英雄时代，也就是主人公于连炽热的心灵和他那像一团火一样旺盛的精力，"黑"则是指卑鄙可耻的复辟王朝统治时代，也就是黑暗与伪善的贵族上流社会。贫民出身的于连在等级森严的封建专制的社会里，靠自己充满激情和斗志的"情商"，周旋于贵族太太、小姐、达官贵人之间。他内心憎恶上流社会人物，行动上又不断投靠上流社会的达官贵人。他整天戴着一副假面具，心里想的与口中说的话截然不同；既有反抗的心理，同时又表现出种种的妥协。他一心想用自己的雄心来改变自己的命运，到头来还是抗争不过命运对他的安排。那些以往受过于连冒生命危险送过情报的人、当上大官的往日情敌、上层社会头面人物等共同围成一张"围捕"这个"具有野心青年的大网"，形成一股黑暗的势力，势要置这个"雄心勃勃"的人于死地。曾经对于连"一往情深"的德·瑞纳夫人在牧师的唆使之下，违背自己的本来意愿，写了一封告密信，让正当雄心勃勃一心往上爬的于连从高空跌到地下。"走投无路"的于连在教堂用枪击伤德·瑞纳夫人。尽管他对自己的"枪击"行为感到后悔，但他至死也不肯向面前的"大人物"们忏悔和低头，他是在以自己鲜明的"英雄主义意志"向瓦列诺男爵等黑暗的权贵们发出挑战与反抗，成就了自己的短暂一生。

密匙：司汤达曾经说过："这部小说并非小说，而是认认真真地描写了19世纪30年代压在法国人民头上的历届政府所带来的社会黑暗风气"。"年轻的于连罪不至死，他的死，只是用来教育年轻人的一个案例"。于连因为出身贫民而备受歧视，他特有的反叛性格指望能登上人生的顶峰，"一门心思地往上爬"，最后落得"身败名裂"的下场。于连的经历也是现实生活中某些人的人生经历，想通过在职场上的奋力拼搏，来改变自己的命运。假如他从一开始就不是这样想，不去做"理想与现实"相差如此之大，"难度如此大"的挑战，完全可以安安稳稳地过自己的普通生活。孤身一人在实力强大的"陌生而并不属于自己的阶层里混迹"，最终也就只能够落得以失败告终的结局。

话题三
用双手创造自己的世界

　　英国的"小说之父"笛福为我们讲述了这样一个故事：一个名字叫鲁滨孙的青年一向有着雄心勃勃的个性，他不甘心像自己的父亲那样一辈子就过着平淡、安稳、无味的日子，而是喜欢外出闯荡和冒险。他又一次的冒险出海，却不幸遭遇到了风暴，帆船出事了。整艘船上就只剩下他自己一人，流落到了一座荒岛之上。"光明与黑暗"是他此时此刻必须面对的选择。这个一向干劲十足的人开始了自己的"人生挑战"，他要靠自己的双手，与艰苦的生存环境较量。他从沉船里打捞起有用的物资，自己搭建起帐篷，解决了暂时的吃饭问题。他还发现了几棵麦子，开始种粮食、摘野果、打猎、捉鳖，砌围栏、开凿山洞、烤面包、造木船……他就这样倚靠自己的双手，奇迹般地在一座荒岛上为自己建立了一个"富足"的家园。并且他还是一个"积谷防饥"的能手，还分别建有两处住所、种植园和小牧场，在与大自然的搏斗中不断地增加自己的财富，获得了生存的资本和各种各样的知识，他为自己真真实实地开创了一个文明而富足的生活世界。当一群野人来到岛上举行"吃人"野餐会的时候，他还救出了一个后来被他起名叫做"礼拜五"（因为救出这个人的日子是"礼拜五"）的人。最后，他帮助一艘美国船的船长降服了哗变的水手，并且乘坐这艘美国船只，告别因为接受了他所有的财产馈赠而变得富有的"礼拜五"，离开

了他生活了整整28年的荒岛，重新回到祖国与亲人团聚。

密匙：鲁滨孙从来就是坚毅果敢和积极进取的化身。他之所以受到读者的喜爱，除了主人公身上所具有的敢于冒险和富有传奇色彩的那种好动和不安分的冒险心之外，最能够打动人们的好奇心也恰恰是这一点。鲁滨孙所面对"命运与挫折"，"光明与黑暗"的命运挑战时所表现出来的勇气，与艰苦的环境抗争，以自己的智慧改变自己的生存条件，把自己原有知识再融汇成新的知识点，从而使自己的内心变得更加的强大，这些都是十分吸引人的地方。"冒险、刺激、勇气、挑战"都是最能够激发每一个人最强大斗志的一剂"灵丹妙药"，也是人们自我挑战的最好检验方法，这正是这个人物从一诞生就一直受到大家欢迎的原因。

话题四

从"光明与黑暗"中找到归属

英国（应该是世界的）的"戏剧之父"莎士比亚为人类奉献了这样的故事经典：丹麦王子哈姆雷特是自己国家的王位继承人，他年轻、有魄力、好思索、热爱自己的国家和百

明与暗的角力

小话题·大智慧

姓、对人类抱有美好的希望和憧憬，此时的他正在德国的威登堡大学学习。正在这个时候，从他的祖国传来他父亲国王忽然惨死的噩耗，叔叔克劳狄斯篡夺了自己的王位，而母亲乔特鲁德居然改嫁给了克劳狄斯。哈姆雷特回国奔丧，父亲的死令他痛不欲生，而母亲的孝鞋还没有穿旧，就匆匆改嫁，使他感到屈辱，"女人，你的名字就叫脆弱"。一天的深夜，王子在城堡里见到了父亲的灵魂，父亲的灵魂告诉儿子自己遇害的经过：克劳狄斯趁自己在花园里午睡，把致命的毒草汁灌进自己的耳朵里。毒液迅速进入自己的全身血管，全身随即起了无数的疱疹，直至最后丧失性命。老国王要求儿子为自己复仇，但是不能伤害母亲王后，只要让她受到良心的谴责就可以了。知道真相后的哈姆雷特犹如坠落无底的深渊，仿佛眼前原本是一片光明的世界，顷刻之间就坠落到了一片无底的黑暗中。他开始整天穿着黑色的丧服，精神恍惚，一心想着"复仇"的事情。一天，他去见自己的情人奥菲利亚，他想求婚，但同时他又想着"复仇"的事情，如此一来，他的行为就显得极其怪诞，并在自己情人面前做出了许多疯狂举动。从此，王宫中就流传开王子为了爱情而疯狂的传言。王子似乎看透了人世间的黑暗与丑陋，发出了："是生存还是毁灭？"的对人生意义的拷问。正好一个戏班子来宫中演戏，戏班按照王子的安排，把克劳狄斯害死老国王的经过又重演一遍，心怀鬼胎者中途离场，一切都得到了验证。最后，哈姆雷特用剑杀死了克劳狄斯，自己也被带毒的利剑刺死，王后喝下克劳狄斯想谋害哈姆雷特的毒酒而死。

密匙：王子为父报仇，完全是属于"惩恶扬

善，重整社稷"之举。如果是哈姆雷特继位的话，他一定会是一位好国王。他勇于向往光明，本来对自己的人生充满着美好的期待，对"光明与黑暗"所划分的界限有着自己十分分明的态度。对于"邪恶和凶手"他要以自己的勇气和愤怒给予揭露和惩治，他"凭自己的一己之勇"，看似微薄的力量、甚至是以付出自己宝贵生命作为代价也在所不惜的"战斗精神"与生命抗争，表现出他善良、直率、高贵、勇猛的一面。哈姆雷特一向被视为向往幸福和追求美好、惩恶扬善、"壮志未酬身先死"、命运多舛的悲剧人物的形象代言人。

话题五

用生命捍卫自己心中的太阳

　　有着"俄罗斯文学之父"之称的普希金，他的诗歌作品有着极高的艺术价值和艺术感染力。俄罗斯文学理论批评家别林斯基这样评价普希金：作品的音调和语言的力量都到了令人惊奇的地步，它们就像是海波一样柔和、优美，像松脂一样醇厚，像闪电一样鲜明，像水晶一样透明、结晶，像春天一样芬芳，像勇士手中的剑戟一样铿锵有力。普希金的

诗，无论是在音韵方面，还是语言、意向和内涵上面，无不是散发出自己所特有的"丝帛般的华丽语言"的气质和不可替代的艺术魅力。正是这种特有的气质，使这样一位生活中总是充满着浪漫而忧郁、冲动而激情的"文学之神"的生命如此短暂。这位出生于世袭贵族家庭的勇士，一生都在致力于"用文学思想的手段"来对抗沙俄政府的统治。普希金的思想与活动引起了沙皇宫廷贵族集团的仇视，1837年在尼古拉一世暗中谋划的私人决斗中，这位"俄罗斯的太阳"因为身负重伤而致死。

密匙：尽管时间在流逝，朝代也在不断地更迭，但是，没有哪个民族会像俄罗斯人民那样用如此的方式来纪念自己的"太阳和光明"。在当年诗人曾经流放过的村庄，村民一直以口头流传的方式津津乐道他在此活动过的行踪为荣。果戈理曾经说过："没有了普希金的俄国就不能称其为俄国了。""他用诗歌的语言垒起了俄罗斯的文学宝塔，他用诗歌的力量建造了俄罗斯的光明天堂，他用诗歌的灵魂点化了广大劳动人民的灵魂，他用诗歌的语言围起了层层堡垒，把沙皇和一切黑暗通通埋葬"。"人不可以有傲气，但不可以没傲骨"。他饱受流放之苦，明知当权者阴谋除掉自己，坚决不向沙皇暴政低头，坚决维护自己自身的名誉与丹特士决斗，直至流干身上的最后一滴血。就像自己的诗魂一样：既是柔情似水一般的去爱，又是怒目

圆睁一般的去恨；有开怀纵情的相交，也有黑暗可
鄙的不齿。他做到了，并且以身捍卫，他不愧为
"一个大写的人"。

话题六
从丑小鸭到天鹅的嬗变

从一个穷鞋匠的儿子而成为全欧洲皇室的宠儿，连国王
都以能握一下这位作者的手而感到无限的光荣；从小语种写
作到全欧洲、全世界家喻户晓的文学大师，用他的童话吹开
全世界孩子的心扉，甚至于他们的家长都成为一心不二的
"粉丝"。他的长相奇丑难看，却有许多的"美艳钗群"对
他青睐，但当他真正要收取爱情的果实，无情的大门又将他
挡在了爱情大门之外。这就是"世界童话王子安徒生的命运
史诗"。童年生活的穷困潦倒，使他就像是花岗岩里头开出
来的山茶花一样灿烂，在经受着贫穷、屈辱和艰辛的过程
中，就像游星一样地无目的地飘荡，作家只能靠如饥似渴地
大量阅读许多名家大师的作品。他说自己是在"贫穷和愚昧
的黑暗中长大，内心却充满着对光明和理想的憧憬和向往，
最终让他有了写作的目标：为了所有的孩子们写作！"从
此，安徒生把自己钉牢在儿童童话的十字架上，心无旁骛地
一心一意创作，把他毕生的精力都放在了"童话世界的搭
建"上面。从他31岁开始，到他去世前两年，他都是以每年

一部童话集的速度递增，作为他给孩子们圣诞节的最好礼物。

密匙：1867年圣诞节将到来之前，62岁的安徒生身披着雪白美丽的白色天鹅羽衣回到了自己久违的家乡奥登塞，当地的乡亲父老用放烟花、结彩灯和盛大的欢迎集会来迎接他。这个昔日贫困无助的流浪汉，曾经饱偿了城市上层社会和贵族阶层的傲慢与冷酷，历尽了人世间的屈辱和艰辛，为了生存下去，先后尝试过各种各样的活计。他当过演员，因为他的身材瘦长如螳螂。他还当过歌唱演员，讽刺诗人，剧作家，在他经历过所有的一切生活的坎坷和贫困之后，他又开始转移到其他的城市，直到最终找到了自己的"人生目标"。这位终其一生都在为全人类孩子服务的老人，在他生命中那盏明亮的灯火熄灭以前，他不会料到自己已经给全世界还在黑暗生活中挣扎的孩子们正在带去光明。

话题七

柔弱不再是族群的专利

一部作品能成为世界的名著，是因为她的作品揭示了当

明与暗的角力

小话题·大智慧

时那个社会人性的真实面，并树立起了女性作为社会角色之一，敢于反抗和勇于斗争的坚强形象。而塑造自己同性群落的这位勇敢者就是英国女性作家夏洛蒂·勃朗特。这是一位外表瘦弱、内心却是无比坚强的女性。似乎她就是自己塑造的小说人物简·爱的化身。小说里的简·爱从小命运多舛，总是遭受自己的表兄和婶母的欺凌，但是，"哪里有剥削，哪里就有反抗"就是小简·爱的人生信条。她以自己的弱小身躯，抵御强壮表兄的欺负；她揭露婶母对外人表现出和善，对自己刻薄，刁难的伪善面孔。在寄宿学校里，学校管理人员的渎职贪污，使学校的伙食和卫生糟糕透顶，疾病的感染就像瘟疫一般疯狂地传播，孩子的性命就像是一根不值钱的稻草，在"黑暗的牢笼里"这些孤儿永远过着"没有光明"的日子。也是这个简·爱，敢于对自己的命运进行抗争，同时也在帮助自己的小伙伴不受欺辱。在当家庭教师期间，正是她的正直和善良的个性，"具有一种不平凡的气质"使她寻觅到自己的爱情。这位"心身灵"都处在生活重压之下的坚强女子，最终用自己弱小的肩膀支撑起了自己的一片天空，让光明的曙光终于照射到那原本暗淡的内心，从而燃起对生活的期盼。

密匙：正如夏洛蒂自己本人一样，生活的经历也是像一顶又大又重的巨伞罩在这家人的头顶。作为乡村教师的勃朗特父亲向世界奉献了三位伟大的作家：《简·爱》夏洛蒂·勃朗特，《呼啸山庄》艾米丽·勃朗特，《阿格尼斯·格雷》安妮·勃朗特，在英国文坛并称为"勃朗特三姐妹"。为了生

计，夏洛蒂两次到有钱人家做女佣，从中品尝到了社会的艰辛和生活的苦涩，也为她日后的创作积累了深刻的体验和素材。生活的压力让这三姐妹英年早逝，让我们这些后人为她们的不幸发出喟叹，是世界文学星际中三颗彗星的陨落，从此在女性的文学轨道上，曾经明亮一时的星空又回复暗淡，直到后来慢慢地再次崛起变得明亮。

话题八
丑陋不应该是邪恶的代名词

卡西莫多是流浪吉卜赛人的弃子，生来就是相貌奇丑，他独眼、驼背、跛足、嘴角歪斜，是圣母院里的助祭长克洛德将其收养，成年后在圣母院里当敲钟人。内心邪恶的克洛德对街头卖艺的吉卜赛姑娘艾斯美拉达动了邪念，要卡西莫多去劫持少女，恰巧被少年英俊的国王卫队长孚比斯将少女救下。第二天卡西莫多因此被判了刑，在广场上受鞭刑。饥渴难忍的卡西莫多想讨一口水喝，克洛德却悄悄溜走了，吉卜赛姑娘却把水送了上去。吉卜赛姑娘与卫队长约会，充满嫉妒的克洛德把卫队长刺伤并嫁祸于吉卜赛姑娘，法庭因此判吉卜赛姑娘是用妖术谋害卫队长，要对她处以绞刑。牢狱中的吉卜赛姑娘被卡西莫多救出，并在圣母院中"避难"，

又遭到克洛德的逼迫。最终吉卜赛姑娘艾斯美拉达还是没有逃脱圣庭教会的绞刑，卡西莫多看着姑娘被绞死，愤怒无比的卡西莫多已经看透克洛德的丑陋嘴脸并把克洛德推下高塔摔死。他跑到公墓里找到了艾斯美拉达的尸体，并且紧紧地拥抱着他所爱着的吉卜赛少女。

密匙：法国大作家维克多·雨果笔下《巴黎圣母院》为我们塑造了一个最美丽的女神化身艾斯美拉达和最丑陋形象化身卡西莫多，这是一种处在明处的外貌表面对比；还有一种真正触及人性真实一面的就是有着合法身份，外表道貌岸然的神职人员克洛德。这才是一个躲藏在阴暗角落里的、有着丑陋灵魂、手段卑鄙、内心龌龊的人。他一方面喜爱貌美如花的吉卜赛姑娘，当遭到拒绝后就表现出他人性中最丑恶的一面，并把卡西莫多作为"作案工具"利用。为了达到自己"占有"的目的，克洛德不惜揭下自己虚伪的面具，用胁迫和恫吓的手段想令对方就范。他扭曲的灵魂使得他智商失常，做出越发出格的事情。最后，被他看不起的"工具"卡西莫多倒是认清了这个以往伪善的灵魂，并把他推下塔楼摔死。丑陋外表却包裹着善良义气之身，并由正义者判决了有着华贵外表内心却是掩藏着阴暗丑陋灵魂躯体者的死刑。

明与暗 — 行健篇

明与暗的角力

小话题·大智慧

话题九
超越别人也是超越自己

一位年逾古稀的老人，在自己一手"缔造"的"王国"里，不是想着怎么去"安享晚年"，"享受着荣华富贵"，而是像一个年富力强之人，整日想着把自己的事业做大做强，那种锐意进取的干劲和不断创新的精神，就连他的对手也会感到害怕。这位干劲十足的"巨人"就是法国"皮尔·卡丹"的创始人本人。这位誓言要把法兰西的"两大文明"服装与饮食都要操纵在自己手中的人并没有吹牛，现在，他的"皮尔·卡丹"王国的资产已经达到了几百亿法郎。皮尔·卡丹是一位天才的"经营大师"，他的经营理念已经成为一种独特的理论体系，他的成功也是与其他商界的成功人士有着相同的地方，但是机遇、素质、意志力、信心和进取精神是最不可缺少的基本要素。不断地挑战自己，不断地挑战人生，"不安于现状"，这些就是成就皮尔·卡丹成功的重要因素。这个已经是世界知名人士的人，从小经受生活艰辛和饱受困苦煎熬，播下了他自强不息，坚强忍耐、不断进取的性格火种。早期也是当过学徒的他，能够虚心学习，潜心钻研，很快就学有所成。他的头脑灵活还表现在不墨守成规，不断革新，这都是他的成功诀窍之一。

密匙：勇于进取、自强不息、开拓创新，这是一个事业有成的成功者所应该具备的良好素质。每一位做大事者，他们都曾经经历过艰难的过程，但是无论是遭遇多么难的困境，他们都能以不一般的毅力予以克服，承受了非常人所能忍受的忍耐程度，这就是他们与常人不一样的地方，也正是他们最终可以获得成功的原因。

话题十
智慧的光辉照耀光明前程

我们中华民族有着悠久和灿烂的文化，在这些宝贵的文化遗产当中，流传最多、最为人称道的，绝大多数都是一些关于道德高尚，品格优秀的人物故事最为多见。譬如"孔融让梨"、"周公吐辅"、"鞠躬尽瘁死而后已"等等脍炙人口的传说和故事，都是反映出人们对高尚品德和美好情操的绝佳褒扬。大多数的家长都会以孔融的故事作为实例来教育自己的孩子，好让孩子从小就懂得"谦让"的美德。这样，等孩子长大了，就会领悟做人要坦荡，要虚怀若谷，要大气宽广。在这样的教育理念培养下，孩子的品德是肯定是正大光明的，一般在这样的道德规范下成长的孩子，都是品行端正的孩子。

密匙："十年树木百年树人"这句话所隐含着除了一般的普通道理之外，还道出了事物更深层次的含义在里面。孩子就像一棵小树苗，如果对它勤

明与暗的角力

小话题·大智慧

于"松土浇水和施肥"，它就能够很阳光快乐地成长，将来也是"参天大树"的料子。要是料理不周，让它一会儿缺水，一会儿生虫的，将来不要说是参天大树了，就连能否顺利长大都会成问题。而这些糟糕的"材料"一旦流入市场，就会成为危害其他环节的隐患，成为滋生祸端的根源。因为祸端的形成都是在暗中逐渐产生而成的，很难使它变得阳光，一旦黑暗充斥着通道，光明就很难再被照射进来。

明与暗的角力

道生一，一生二，二生三，三生万物。万物负阴而抱阳，充气以为和。人之所恶，唯孤、寡、不谷，面王公以为称。

——《道德经第42章》

小话题·大智慧

明与暗的角力

小话题·大智慧

明与暗

『地势篇』

话题一
日久见真心不只是说说而已

人就像是一本翻开的书，读着读着就会感觉味道渐浓。朋友相交也是如此，时间越长的友情就越是经得起时间的考验，两人之间的情谊就犹如一坛醇香的美酒，悠长、浓郁。"人心一真，便霜可飞，城可陨，金石可贯。"真诚地去对待别人，不在乎、不计较，乍一看好像是自己吃亏了，因为没有看长远。你要知道，每个人的感觉和观察力都是很强的，你的守时、讲信誉、有交代都是大家有目共睹的。但凡知道你是一个可信赖的人，大家自然就喜欢与你打交道。当你遇到麻烦的时候，你的朋友也都愿意伸出手来助你一臂之力，你的困难就会变得不再是那么的压迫，因为有朋友们和你一起分担。

密匙：往往在生活中会遇到这样的事情，好朋友之间也会发生误会，也会有"剑拔弩张"的时候。往往这个时候最需要的不是急于去补救，而是相互之间开诚布公地进行沟通。首先是要把事情的来龙去脉都了解清楚之后，找出问题的症结所在，然后加以解决。既可冰释前嫌，又能进一步对互相之间再多一次了解，这才是较为合适的做法。

明
与
暗
的
角
力

小
话
题
·
大
智
慧

明与暗的角力

小话题·大智慧

话题二
守得云开见月明

面对挫折和困难，使用"破坛子破摔"是最不值得的策略。要知道，人生一世，不如意之事十之八九，你又何苦对不起你自己呢？遇到不开心的时候，就是老天爷在考验你耐心的时候，看看你除了有没有耐心，还有考验你有没有意志力。人的耐心和意志力就好比是一个人的"左膀右臂"，缺少了哪一样都会对你造成伤害，你走起路来只能像个"瘸子"似的没有了平衡感。要使劲撑过眼前的艰难危局，只有能够忍受挫折和痛苦考验的人，经受过重重的测试，才会到达"云开日出"的最美妙境界。正所谓："若不得一'耐'字撑持过去，几何不坠入榛莽坑堑哉？"

密匙："师傅领进门，修行在个人"。每个人的认知力和领悟力都会有所不同。相同的一件事情，换了不同的人去办理，其结果又会截然不同。在一起相处久了的人，思维和方法也会逐步趋向相近，慢慢也就相同了。一家人的性情和表情动作都大同小异，为何？那是日久天长在一起相对的结果。总之，耐心和毅力是人的一种境界，境界将是决定人的事业心和理想前程的基石。有了境界，任凭是风吹浪打，你也像是在平地走路，坎坷的锤炼，就只当是为了跨过下一个台阶。

话题三
高雅的气度要靠时间来培养

　　人生需要经历，一路地打拼走来，无论是披荆斩棘还是损手烂脚，尽管是一身的艰辛，却不失一颗赤子之心。明明已经看见前行的道路上障碍重重和困难不断，这个时候就不是退缩和害怕的时候，而是要鼓足勇气和力量，光明、正大地闯出一条路子。同时也要仔细研究每一步路可能存在的对错，才是最为稳妥的方法。要力求不要给自己制造错误，要把出错的概率降低到最小。只要你勇敢地走过去了，你就会看见光明的前路在等着你。

　　密匙："青天白日的节义，自暗室漏屋中培来；旋乾转坤的经纶，自临深履薄处操出"。我们一方面在行动上保持勇敢的拼搏劲头，另一方面也要不断地回过头来做出具体的分析，看看自己的"战略和战术"是否准确无误？做出来的事情尽量没有纰漏，人的能量自然就会呈现，人的气度也会随之有所反应。经历过私下里的不断磨练，"小心驶得万年船"就不会是一句空话。

明与暗的角力

小话题·大智慧

话题四
怨天尤人不是人生应有态度

面对命运的不公，面对生活的困难，面对复杂事情的阻力，光是用埋怨的办法是没有用的。"我为什么没有一个好爸爸？他能为我遮风挡雨，为我再换一个新的工作，为我铺好一条人生的金光大道？"越是这样埋怨就越是自暴自弃，就像得过且过地混日子。"天薄我以福，吾厚吾德以迓之；天劳我以形，吾逸吾心以补之；天厄我以遇，吾享吾道以通之。天且奈我何哉？"

密匙：对于自己的命运有所期盼，就要靠自己去解决，只会埋怨是无济于事的。要有以宽阔的胸怀面对一切的态度，不管是好事或者是坏事，只要到了自己面前的事情，就要以一种"坦然之心"去面对。越是普通人家出来的孩子就要更加的坚强，知道任何的事情都要靠自己去处理和面对，还有懂得抓住自己身边的一切机会，给自己和命运争取多一些时机。那些含着"金钥匙"出生的人往往不会珍惜这样的机会，他们的放松正好给了你机会，你要把握时机，做好随时出击的准备。

话题五

要相信天生我材必有用

当你正处在逆境之中的时候，当你正在遭遇挫折的时候，当你正是灰心丧气的时候，你千万不要自暴自弃。不用去理会别人是怎样看你的，首先你自己不要看不起自己，不要随便放弃努力的信念.要悄悄地积攒自己的实力，充实地过好每一天，在人家吃喝玩乐的时候，你就用来发奋学习和钻研，这样还能暂时排解你的精神和生活的困顿。只要你一直这样做好自己的准备，日积月累，你就能准备好足够的实力，终有一天，你这朵小荷尖就会冒出头来。你会不日破土而出，迎风而立，显示出你不一样的高雅之气，不卑不亢，毅力坚韧，这是长期修炼的结果。

密匙："色虽不艳丽，气度自风雅；景致独风韵，吹落旁边花。"人生在经历的过程中就会变得更加的富有创造性和思考力，这是你的"脑库"也在不断地经过锻炼之后得到了提升和表现。你在提升自己能力的同时，你的眼光和气度也在不断地提升，而且是独一无二的，是一种"腹有才华气自清"的气度。一切困难和挫折都是暂时的，克服了，就会"前路一片光明"。

话题六
居逆境中需不损气度

现实生活往往有点像夏天的气候，你不知道它突然在什么时候就"变脸"，倾盆大雨瞬间就会从天而降。有时候，平静的生活里突然就泛起了阵阵的涟漪，微风吹皱了一池平静的湖水。本来顺顺利利的时候却遭受了人生中最大的挫折，同事们都用很异样的眼光来看你，往昔与你最要好的人也开始对你"退避三舍"，一向与你保持联系的客户也因为听了别人的挑唆而停止与你业务来往，你一下就"从天堂掉到了地狱"。在事情还没有弄清楚之前，你就这样保持沉默，并且冷眼观察你身边的每一个人，"患难之中见真情"，你就可以好好地看清楚你身边的每一个人的为人如何，这刚好也是给了你一个重新认识他们的机会。但是，你要保持住自己的一贯气度，就算你看出了某些人的内心，你也要有容人之量，还是继续保持湖面的平静才好。

密匙：人的复杂性不是一般事情可以与之相提并论的。毕竟每一个人就是一台人脑计算机，怎么想？怎么做？别人是猜不透的。对什么事情我们都是要透过现象看本质，从出现的问题中发现问题的实质，从而避免再次"涉险"或者重犯的可能。在自己的内心应该设起一道防范的屏障，不要太过计较一切的得失，也不要太过对某些事情介怀，更不要追究某些人的态度，永远都是保持你自己的"心态自然"，一切问题都会自然化解。

话题七

苦中磨练自成有福者

现在大学毕业就业就是拼父母关系谁的硬。那些效益好、薪水高、工作压力小的单位谁都争着抢着去，就像孩子刚上学的时候一样，好的学校谁都想进，做父母的就四处让人托门子、找关系，一心想把孩子塞进这样的学校里。孩子从小到大都是靠父母的帮助才能成长，一旦离开了父母的相助，孩子自己就显得"手足无措"。这些都是沿袭了过去不好的社会风气。一个人要想真正有所成就，就需要在艰苦中多加磨练，练就自己"抗压"的耐力。付出了辛劳再收获的甘甜，这种滋味是很美妙的。相反地，那些太过容易到手的东西，往往不会使你认真地加以珍惜，反而限制了你的潜能发挥。

密匙：现在高校的毕业论文据说也有请"枪手"代替的了，枪手在网络上乱抄一气交差；有些还是作为"国际论文"递交上某某"国际论坛研讨会"的研究论文，居然就发生了"如有雷同，纯属

巧合"的尴尬事情。这些"伪学者"可谓开了某种先河，把学术殿堂的知识也当作生产线上的产品作"批量生产"。孩子，不要依赖自己的父母。爸爸妈妈们，要让自己的孩子"学会走路"。

话题八
任何时候都要有自己的主见

不要做人云亦云的事情，不要一直跟在别人的后面走路，这样你是永远没有出息的。我们对学生说："不要死读书"，就像我们对工作的人说："不要学别人的方法，你自己应该有你自己的想法"一样道理，无论是做什么事情，就像你看了一本书，你也会把书的内容总结出个八九不离十出来，总不会是白看了一把。做事情也是一样的道理，别人用过的办法也许是成功了，你要是再用，可能会成功，也可能不会成功，几率只有一半，那你为什么就不用自己的新办法呢？这也是能够证明你自己的独创能力的最好时机，你应该好好把握住这样的机会，展露你的头角，展现你的才华，这是上天赋予你的机会。

密匙："青出于蓝胜于蓝"并非只是指生活中有此常态，这里也是蕴含着一个前提条件和规律：任何事情和任何情况下，只要不是"亦步亦趋"和

"因循守旧"的思维，想做新的突破和新的尝试，都是蕴藏着新的机遇在其中。要跳出原有的框框和模式，就要敢于做新尝试。否则是很难有属于自己"亮剑"和"出头"的机会的。只要争取到"试一试"的机会，就要有决胜的信念才行。往往机会只有一次，要好好把握住。

话题九
人行百里知路难

"行万里路，读万卷书"。此话一点不假，我们一生到底能够读多少本书？所读之书又都是你的喜爱？我们的一生可能是要走一万里的路，当我们只是到了人生的半程路途时，我们可能会自怨自艾，也可能举足不前，生怕前路还要再遇到什么风险，或者是陷在什么风险之中，有点得不偿失的冒险了。越是到了"人到中年"的关口，人的思想和行动就会趋向于保守，很多事情和很多的想法，要是在10年前是不会犹豫地说出来的，现在却要"三思而后行"，这是大多数人在这个年龄阶段都会有的现象。

密匙：谁都知道这样的一个道理："话多错多"，另一方面却是"姜是老的辣"，到底是哪种

明与暗「地势篇」

明与暗的角力

小话题·大智慧

明与暗的角力

小话题·大智慧

情况才是最好的呢？其实都不好。人为什么要束缚自己的思想和内心呢？我们的本心并没有改变，还是与年轻时候的一个样，可为什么偏偏就是感觉到不舒服，不能像过去那样"随心所欲"地说和做呢？不要太过担心出错，只要放开自己的心智，一切都是可以化作辉煌，"日既暮而犹烟霞绚烂，岁将晚而更橙橘芳馨"。

话题十

要学会意境隽永回味绵长

生活就像一个大熔炉，不管是什么性格和什么个性的人，只要是经过生活这个"炼丹炉"一再的历练，自然就会变得"人情味十足"，"方向感清楚"。不是"才思敏捷"，就是"口若悬河"，这就是历练的结果。但是，最难练就的还是"觉人之诈，不形于言；受人之侮，不动于色。此中有无穷意味，亦有无穷受用。"受点嘲讽或侮辱就暴跳如雷，听到别人说自己一下就反唇相讥，平日里文质彬彬，吵架时如狼似虎。要知道，冲动是解决不了任何问题的，相反，更多的时候还会为自己带来意外之灾。要沉着冷静地面对别人施加给你的"压力"，并且用圆滑的手段把问题化解掉，过后再作反击，这才是明智之举，这也是留有韵味的最好的处理方法。

密匙：生活就像是一副染剂，你自己希望把自己漂染成什么样的颜色，就全然由你自己决定。最主要的是颜色的选定，才是至关重要的。主流的颜色代表着你积极乐观的心态，说明你是一个积极乐观向上的人；要是选择低沉压抑灰暗的色泽，多半就会反映出你的内心抑郁，生活的激情早就在你的身上逐渐地退却，你的身心此时正在蒙上一层灰垢。警醒自己的反应，对一切保持及时的反应，不是为了针对别人，而是首先要你自己感觉到什么才是你应该有的反应。

明与暗 「自强篇」

明与暗的角力

小话题·大智慧

明与暗「自强篇」

明与暗的角力

小·话·题·大·智·慧

名与身孰亲？身与货孰多？得与亡孰病？甚爱必大费；多藏必厚亡。故知足不辱，知止不殆，可以长久。

——《道德经第44章》

明与暗
『自强篇』

乐观

低沉

抑郁

激情

生活

明与暗"自强篇"

明与暗的角力

小话题·大智慧

话题一
遭到贬损并非就是坏事

　　道家在某些观点上本身持有的就是朴素唯物主义的辩证观点，它认为事物的发展变化是辩证的、矛盾的、双方既是对立的、又是统一的，而且还能互相转化。以此观点和认识来看看我们身边的事情，面对遭受贬损和斥责，许多人在第一时间的反应就是愤怒，随即就是要做出"反击"。越是这个时候就要冷静，要思考，要学会看事物先从正反两面去看。要领会到事物是有"先抑后扬"的规律，开始被贬低，后面反而会抬得更高；有时候把它抬高，它反而会遭到贬低。要懂得客观规律的特性，不要反其道而行之，"强摁低牛头喝水"是不行的，一切都要顺势而为。

　　密匙："山林之士，清苦而逸趣自饶；农野之人，鄙略而天真浑具。若一失身市井驵侩，不若转死沟壑神骨犹清。"避世山林也好，闲乐村间也罢，要的就是一份闲情和雅趣，流言也吧，传言也罢，要的就是一种自身一分"清心寡欲"，省却了那份浮躁，就不会有愤怒，然后，一切事情还是让它顺其自然好了。

话题二
经历过后就要懂得珍惜

"雨余观山色，景色觉新妍；夜静听钟声，音响尤清越。" 世界和景观都没有变，只是经历过事情之后的人心变了，所看到的东西都全然不是以前的东西。尤其是在经历过比较大的事情之后，侥幸能够全身而退，这种"劫后余生"的体会和心境就更加的不一样了。再看见眼前的一切景色都显得比先前的美，自己也开始懂得要把握眼前的每分每秒了。"风雨过后一定会见到彩虹"，经历过风风雨雨之后就要珍惜自己眼前的所有，要对自己目前的现状感到满足，要时常保持平和的心境，保持警觉的心思，在自己有需要之前做好准备。

密匙：人生的道路很长，人在经历过重大磨难之后，有些意志力不强的人就会从此一蹶不振，有些人确实很快就能够从经历的阴霾中走出来，并且会更加地珍惜自己眼前的一切。会不断地反思自己之前为什么会出问题，出问题的时候解救的方法是否恰当？这样的思路和做法都是十分必要的。试问谁都不想遇到麻烦，但是，要是真的遇到了麻烦，自己会再用什么样的办法去解决呢？这需要认真考虑好的。

明与暗「自强篇」

明与暗的角力

小话题·大智慧

话题三
知其然更要知其所以然

做任何事情都要领略做事情的要领，并且要把握好这其中的尺度。做事情特别忌讳过于注重表面的得失，往往由于过于拘泥就会影响了你对事物真实内涵的客观判断，并有可能对其中的某些隐含情况容易造成忽视，给自己带来不必要的麻烦。对事物要懂得用心去感受，要通过事物的表面情况，并对其内在的潜在诱因做出更加细致的分析。这样，通过一边体验一边感受，懂得分析问题和了解问题的乐趣，从而对事物的本质和内涵有更加准确的把握，对事情的来龙去脉有更充分的了解，才能知其然并知其所以然。

密匙：用不同的心境去对待问题，往往会有不一样的处理效果和感觉。假如问题的双方都是抱着心平气和的态度去了解问题和解决问题，大家都是处在同一样的认识水平上，这样解决起问题来就会简单得多，容易得多。假如双方看问题的角度和认识水平都是很不一样的话，那么，就难免会产生另处的情况了。

话题四
气定神闲更是一种境界

面对纷繁复杂的工作要表现出你的从容不迫，应对各种各样的问题有条有理，分析每件事情有理有据，这就充分展示了你的素养。良好的工作表现就是需要靠平时的锻炼，需要平时多下工夫，对自己的内心修炼和外在的表达能力以及应变能力都要不断地提升，才能达到"气定神闲"的境界。"忙处不乱性，心神养得清；临危不动心，生时看得破。"平时功夫用到了，就能够增强自己做事情的本钱，趁着年轻多做一些事情。千万不要浑浑噩噩地混日子，把自己的大好人生中最美好的日子都交了白卷。唯有积极的人生观和人生态度，才是助你渡向美好明天和理想彼岸的最好摇橹。

密匙：什么样的人生才是过得最有意义的，肯定不是每天浑浑噩噩地混日子，除了吃饭、睡觉、上网、飙车，这样的人生看来没有几个人想要的。每天在工作中消磨你的宝贵青春，这也是令你感到懊丧和无聊的事情。何不把你的视野放得开阔一点，你的兴趣可以更加的广泛，你的社交网络可以让你增加新的信息来源，你的小爱好可以成为"红线"，寻觅到与你一样有着共同爱好的"知己"。充实生活就是充实你的事业，充实你的事业就是充

实了你的人生目标。

话题五

退一步海阔天空

"节义之人济以和衷，多不启忿争之路；功名之士承以谦德，方不开嫉妒之门。"无论是做人还是做事情，最好把自己的姿态放低一点，把自己的态度变得谦和一些，再把自己的口气也变得更加的缓和，这样你才不会容易得罪人，人家也就不会看你不顺眼，与你产生矛盾。平和的态度是跟别人相互沟通的最好桥梁，谁都会喜欢与和善的人打交道。时刻爱出头，事事要争先的人往往最容易遭到别人的嫉恨。暂时来看，你好像会比别人领先一点，但是你的行动所引起的后续反应，会给你自己带来很多的麻烦，消耗你很多的精力。所以在遇到任何事情的时候，切记要谦和、缓慢一点，给别人出头的机会，你的天空会更加宽广。

密匙：人们因为对自己身边的一切早已经是习以为常了，对于发生在自己身边的人和事也就熟视无睹。但是，每个人都特别会关注别人对自己的态度，特别注意别人做事情的时候，有没有影响到自己的利益。当然，心胸坦荡的人是不会这样斤斤计较的，但是有些人是会这样考虑，你就要细心一

些，考虑得多一些。对别人多一些谦让，你会感觉到自己的天空又开启了一扇明亮宽敞的窗。

话题六
意志力将决定你的处世之本

你是一个在社会上不停打拼的人，每天都会接触到不同的客户，假如你的定力不够的话，再加上自己出道时间不长，内心的修炼还没有完全到家。面对社会生活和工作上的压力，慢慢的你就有了想逃避压力的心理。你想躲到一个清静的地方，减少自己被外界的引诱，"眼不见，心不烦。"希望在简单和单纯的环境中隔绝与外界的联系，让自己有一个"恢复期"。其实，你自己要是有信心，完全是不需要这样做的。你要把握住自己的内心，用自己的意志力把自己飘摇不定的心思纠正，让自己的思想不要有私心杂念，做到这一切就足够了。

密匙：自己要懂得首先是自己的内因在起作用，外因是决定内因变化的条件，内因是促使外因变化的依据。外因是通过内因而转化的，不必惧怕外因的影响，"把握未定，宜绝迹尘嚣，使此心不见可欲而不乱，以澄吾静体；操持既坚，又当混迹风尘，使此心见可欲而亦不乱，以养吾圆机。"生

明与暗的角力

小话题·大智慧

活中所遇见的一切，都是你自己做出的抉择，意志力是作用于你的主观判断的，你自己完全有决定一切的权利。

话题七
要时常放开自己的怀抱

职场环境和生活当中都会面临许许多多的诱惑，同时又有那么多的复杂人际关系和矛盾需要维护和理顺。要做到气定神闲、宠辱不惊地去直面这些复杂的人际关系，就要多加修炼自己的内在涵养，要不断地开阔自己的心胸。遇到事情的时候肚量要大一些，对于利益和名誉，要有一种淡泊之心。遇到阻碍的时候，心里感到憋屈，就要想办法抒发自己的胸怀，让自己的内心少一点灰暗和压迫，让自己的精神状态总是保持在轻快和放松的形态之中。

密匙：一个人的心境往往会影响着你所有事情的结果，好的心情就会有好的结果，不好的心情往往也会导致事情往不顺利的方向转移。假如你总是抱着从容不迫和淡泊名利的心态，对于眼前遇到的阻碍和波折都不会把它放在心上，而是把这些阻碍和波折看作是对自己能力的试金石，那么，你的生活也会因此变得充实和精彩起来。当经历了人生百态之后，你就开始进入悠然闲适的自然状态中了。

话题八
要培养达观的良好心态

　　在前不久的一次全国性有关"市民幸福指数"数据统计调查中可以发现，排名前10位的大多数都不是最大最发达的一线城市。由此可见，尽管现在的生活水平上升了，大家的收入也水涨船高了，但是，现代生活的压力和快节奏的生活方式却成了压在人们头上的磐石，让人觉得很累，有种喘不过气来的感觉。物质财富的增加，也会使人们的欲望变得不断地膨胀，想法也会不断地改变。对于得不到的东西就耿耿于怀；人与人之间的互相算计也日益加深，时间一久，精神就总是处在紧绷绷的状态之下，自己也有一种苦海无边的感觉。而这条绷紧的精神绷带，早晚会有因绷得太紧而断裂的危险。

　　密匙：我们真的是到了要学会放下很多东西的时候了，物质上的东西我们已经有了满足感，那就开始学会舍掉多余的东西。不要以为自己在物质面前总还是原先的状态，要把自己的关注点放在物质以外的地方。要让自己的精神变得丰富起来，放开自己的心胸，要更加豁达地处世，不要太计较眼前

得失，也不要去跟你身边的人攀比。保持你的良好心态，积极快乐地处世，把美好写在你的脸上，刻在你的心里，这样你就会快乐地过好每一天。

话题九
特立独行是有前提的

现在的社会可以说是"英雄辈出"的时代，优秀的人才比比皆是，他们从各行各业中涌现出来，他们的骄人成就足以达到行业的顶峰，简直就是令别人难以企及的程度。人们惊叹这些绝顶优秀人才如此出色的同时，也会发现存在有另外的一些人，他们就存在于不同的群落里，总是摆出自己比别人厉害和高明的样子，说话的嗓门总是会比其他人的大，动辄指责别人这不对那不是的，最终大家只是觉得他更像一个怪人。

密匙：真正有能耐的人是不会自我炫耀，到处标榜自己的，而是实实在在地做好自己的分内事情。等事情真的做出来了，也不会到处去吆喝，生怕全天下的人不知道似的。要想做一个"有本钱"的特别之人，首先就要学会"有本事"，这才是安身立命的基石。否则一切外表的虚伪行为，都是肤浅的表现，只是你想逃避现实生活的无奈而采取的

"儿童游戏"，这样做的意义只会使人们觉得你的无聊和肤浅。

话题十
寻求心灵的港湾

当你在茫茫人海中漫步，当你在日复一日的工作中焦虑，当你在来来往往的社交中迷失了方向，人的生存问题就仅仅只是一个未解的答案了。人们总是习惯于把一步变成了两步走，这样走着走着，你生命的"存活期"就整整缩小了一倍，你的青春岁月就只有别人的一半，你的中年时期也就只有别人的三分之二，你的晚年生活更是只有其他同年人的三分之一。难道这就是你所希望和追求的生活？快快让你躁动的心安静下来，让它立即停靠在一处静谧的港湾，寻求你心灵的宁静。

密匙：当你感到躁动不安的时候，就要强迫自己学会安静下来。首先是要自己的心得到安宁，然后就要寻找心灵躁动的原因，再把这个原因消除，你就得到了身心的解脱。在整日忙碌的日子里，你只要用些许的时间放松你的心情，你就会有不一样的状态迎接第二天的来临。你的心情放松了，你身边的同事和朋友也会跟着你一起放松，大家相互影响，就会到达最快乐的境界。

明与暗「宽容篇」

明与暗的角力

小话题·大智慧

　　物或损之而益，或益之而损。人之所教，我亦教之。强梁者不得其死，吾将以为教父。

　　　　　　　　——《道德经第42章》

明与暗

『宽容篇』

明与暗「宽容篇」

明与暗的角力

小话题·大智慧

话题一
多一些利人少一些利己

在当今这个社会，商业就是擎天柱，许许多多的商人就是这根巨柱下面的石子，他们共同合围起这根大柱子，形成了特殊的群落。但是，人们对他们的评价似乎并不高，什么"无商不奸"，"狡诈成性"，"锱铢必究"等等之词不一而足。的确，做买卖的人大都很会算计，可能是因为他们每天都离不开计算的原因吧。与商人打交道，撇不掉一个"利"字，千万不要想着要先在他们身上获取些许利益，否则他会以更加重的成本要你偿还。除非你已经把有价值的东西先提供给他，使他感受到了好处。假如你的竞争对手能够给对方带来巨大的利益，你就要小心商人为了达成这件事情而采取"无所不用其极"的暗中手段。对于你来说，你是会把利己利人的事情都做到位和做好了，但是别人不一定会按照你的意愿去做，你只能靠慢慢地去影响他了。

密匙：如果是有巨大的利益作为驱动，商人的敏感嗅觉神经就会立即启动，一切就是为了目标而动。一些年长的商人对自己曾经从事过的行业非常了解，当他们已经"退出江湖，金盆洗手"之后，也会从关心和教导的动机出发，对年轻人提出忠告，对旧行业的旧规矩和弊端做出一些揭露，让一些新手们学到不少宝贵的知识，这些往往是书上学不到的也是最实际的工作经验了。

话题二
万丈高楼平地而起

"德者事业之基，未有基业不固，而栋宇仍坚久者"，道德水准就像是一座楼宇的基石，就像是一棵大树的根茎。楼宇盖得再高，要是根基没有打好，楼宇就成了一座摇摇欲坠的危楼；一棵大树尽管树冠茂密，枝叶繁盛，但是因为它生长的地方土质稀松，水土流失严重，这棵大树的树根一天天裸露出地面，很快就会因为离开地面而死掉。一个人要是道德上出现了问题，好像这个人的人生事业都开始出现问题，就连他的世界观和人的价值观以及人的生活态度也会随之发生改变。人的道德基石绝对不是一朝一夕就能建立起来的，也是通过一个人的成长过程慢慢积累起来的，从小到大，一步一步地走过来。所谓"万丈高楼，平地起"，也是要经过一块砖一块瓦的过程砌起来的。人与事物之间的关联性也正是反映了同样的道理。

密匙：对于自身的道德基石打造，小时候你是受制于别人，也受制于你的成长环境，更加地受制于你的客观环境。到了你自己可以操控你自己的人生方向的时候，你就可以对你的主观判断做出一定的调整，这是完全按照你自己的爱好模式进行的。

当你完完全全成了你自己的思想和意识等一切行为的主导者的时候，你的任何判断，就是由你担当全部责任。管好你自己，把自己塑造成品质高尚的人，就从你的自觉和自愿开始。

话题三
君子爱财要取之有道

名誉和金钱都是利益的象征，尤其是现在的社会，什么都是与金钱挂钩，那种轻物质，重精神的年代早在2000多年前就随着周朝的覆灭而用作精神的殉葬品了。现在的人们只是注重在这个"物欲横流"的社会中怎样为自己赚取更多的财富资源。已经拥有了上亿甚至是几十亿财富的人仍然欲壑难填，还要不断向这个地球索取。更有的人，对于追求财富的热衷早已令他丧失了理性，更是不惜用"不择手段"来达到自己的目的。"君子爱财要取之有道"，这个"道"既是市场的价值规律，也是人的道德修养，要遵循社会的公共道德指标，还要符合公共道德水平的审美规范才行。一个人富有了，也只是满足了自己一个人的欲望，要借助自己的力量回馈社会，这才是符合社会的公德。

密匙：社会对于每一个人来说，从一开始就是公平的，大家的机会也是大致相同。但是，由于每个人的能力、领悟力和付出劳动的程度多少的不同，最终决定了每个人获得财富的结果就很不相同。当你拥有了足够的财富，你会按照自己的意愿去支配它们，在初步满足了你的日常开销之后，你会把财富重新分配，直到符合你的理想愿望为止。往往就是这个时候，你的道德水平就会发出具体的指令，对于什么是好或者是不好的东西就会有所甄别。你所做出来的一切都是你的个人愿望的具体体现，一切的决定权就在你自己的手中。

话题四

对"满招损谦受益"要谨记

我们的前人其实早就具有朴素唯物主义的辩证观点，对存在于世界万物的自然规律和客观自然现象洞察透彻。前人从来没有将人和自然界相互割裂开来，而是遵循大自然的客观规律，从中找寻最符合人类活动的轨迹和导向。人是万物之灵，人最根本的人生价值就是道德因素起根本作用的道德水准。人的修行指导着人的思想行为，并对人的语言、行为、品德、行动都有着最为直接的影响。一杯盛满水的杯子，要是再加多一勺的话，水就溢洒出来，同样，作为一个人来说，你整天矗立在别人的注视和关注之下，什么有利益

的事情都少不了你，不啻是为你在自己的身边埋下了一枚定时炸弹，任何一件与你有关的事情都可能成为引线。行事低调，言语低调的人则要相对安全。任何时候矛头都不会指向一个行事和说话低调的人。这都是遵循了自然规律的原因才会有的结果。

密匙："欹器以满覆，扑满以空全；宁居无不据有，宁处缺不处完。"做人要低调，要想成就一番事业，就要有一定的胸襟，要懂得天下之大，比你能耐大的人大有人在。对生活中的事情要表现得大度，要理解世界上的事情是存在有不完美的时候的，就不要太过于苛责不完美的现实结果。一个人要是吃得太过于饱胀，就会出现呕吐的反应；一个人要是事事太过完美，就会有不好的事情发生。

话题五
建立高尚品德人人有责

无论是从事什么样的职业，人品永远都是第一位的。要知道，一个德行不好的人，不管是把他放在什么样的位子上面，时间一长，这个人的品性就会被大家所了解。一个单位的事业根基就是靠每一个人的力量相互联合起来的。道德品行不好的人，同样也是单位这棵树的树根根须之一，他在某一处使坏，殃及到了整棵大树的根基，对所有人都会造成危害。同样，这样的人要是出现在社会里，成为一个伺机出动的坏分子，大家在明处，没有设防；而坏分子在暗处，蠢蠢欲动，这样的情形是很难防范的。我们每个人都希望自己能够生活在一个安全平和的大家庭里，我们身边的每一个人都是遵纪守法的谦谦君子。社会的公共道德水平就是靠全社会每一个人共同创建的，高尚的道德水平就是我们每一个人的理想追求，也是我们全社会一起共同构筑起来的整体完整的理想社会。

密匙："德者事业之基，未有基之不故而栋宇久坚者。"如果把社会看作是一座高耸入云的大楼的话，我们每一个人，就是这座摩天大楼里的每一粒沙土。只要大楼的所有部件都是安稳的，那么，这座大楼的安全就是有保障的。

话题六
任何时候都要相信自己

"彼富我仁，彼爵我义，君子故不为君相所牢笼；人定胜天，志一动气，君子亦不受造化之陶铸。"面对眼前许许多多的诱惑，你想保住自己的节操，对别人的"钱权加身"既不羡慕，也不妒忌，还要心平气和地照常生活和工作。此时此刻的你要相信自己，靠自己的双手，也能为自己带来幸

明与暗 "宽容篇"

明与暗的角力

小话题·大智慧

明与暗的角力

小话题·大智慧

福。创造幸福的办法有很多种，别人的财富和幸福是别人创造的，想要依靠别人是不可行的。就像是身体倚傍着一个虚幻的影子一样，当灯光一亮，影子就会消失，你就会因为没有了倚靠而跌倒。要靠坚守自己的本分，努力做事，谦虚地做人，学会属于自己的本领，不管外界发生什么变化，你都会从容面对这种变化。而那些靠依傍别人的人，一旦后台倒了，他自己就只会彷徨不知所措了。

密匙：生活是会有很多让你选择的机会的，你就是决定自己命运的人。对自己有着十足信心的人，是不会把自己的命运交托给别人的。在自己对自己命运的掌控中，首先要自己有安身立命的本钱，这是你谋生的手段，也是你给自己树立生活信念的航标。你是最了解自己的人，不要让自己去做自己不愿意做的事情，否则你会感觉到非常的难受和恶心。相信自己的能力，要在生活中闯出只属于自己的一条路子，最后的胜利就只能够属于像你这样的强者。

话题七

眼高心宽才能飞得高

生活就是社会的一个缩影，处身在这样的环境中，不如意的事情会十有八九，假如你是一个像林黛玉似的人物，很多事情你都有想不开的时候，那你就是一个永远都不会感觉到快乐的人。只有把自己的心胸完全打开，让自己变得气度不凡，才可以看淡世间不平之事。但是，做人也要懂得遵循一定的社会规则，不要放任自己的放荡不羁。做事不要粗枝大叶，疏漏百出，让人总是能够挑出你的种种毛病。凡事但求心安，吃点小亏不足挂齿，只要不是被别人利用吃了大亏，那么你就会变得神鬼难侵，一生都能快乐地生活了。

　　密匙：人的眼光和心胸是成正比的，心明眼亮，看得越高，就飞得越远，这是一个人的气度所决定的。如果是心胸狭窄的人，是很难让他有一个高飞的气度。所以，要想自己成就为一个有理想、有抱负，身心愉快的人，就要把自己的气度练就得更加的高远，幸福才会长久地陪伴在你左右。

话题八

木秀于林风必摧之

　　过去有这样的一句话："君子宁默勿躁，宁拙毋巧。"就是说做人做事要戒骄戒躁，做事情和说话都要低调，不要太过张扬；不要把自己懂得的东西整天"晒"出来，显得自己特别地聪明似的。其实"木秀于林风必吹之"此话并非是

明与暗的角力

小话题·大智慧

让你压抑自己，它和前面开头这段话的意思是一样。如果做事和说话都太过张扬，在群体生活圈子里，总是显摆你自己所有的一切，一旦你在以后的工作中出现了小小的错误，你就会立即招来许多记恨你的人报复。你不是说你自己优秀吗？这下怎么就瘪气啦？作为一个有头脑的人，凡事都要想到一个退路的问题，毕竟你不是神仙，也会有"掐算错误"的时候，要学会"悠着点"才好。

密匙："十语九中，未必称奇，一语不中，则愆尤骈集；十谋九成，未必归功，一谋不成，则訾议丛兴。"似乎在群体生活的铁律就是这样，要懂得"公共环境的语言行为卫生"，不要任意争先表现你自己的喜好和判断来取代别人的想法，最好你的行为不要影响了别人，这才是现代人应该有的公众形象。

话题九
不要机关算尽赔上卿卿性命

现在好像大家都很强调各种社会关系，有些人更是一味地削尖脑袋去经营各种各样的人际关系，并为此付出高成本的代价。这样的人往往容易失去自我的本性，而是一味地追求某种表面的效果，就像是一根漂在水面上的稻草，任凭风

把它吹来吹去。低三下四、曲意逢迎、委曲求全都是这些人的看家本事，就是一心想再获取多一些好处。只是这样的手段实在拙劣，最后把事情弄得反倒是越来越复杂，搞不好还要搭上致命的成本。倒不如心存质朴，摒弃耍弄心眼，谨守心中正气，无愧于人生的称谓。

密匙："宁守浑灵黜聪明，留些正气遂天地；宁谢纷华趋淡泊，遗留清誉祭乾坤。"是潇洒快活地行走人间呢？还是步履维艰，自作自受。是让自己的心多一份宁静的好，还是在清白的世界里再添一份清静，这样的世间才是大家最喜欢的。

话题十

越是简单的就越是最好的

我们在讲求效率的同时也要讲求成本，成本越低，效率高，效益又好，这是谁都希望的事情。就像写好一篇文章的道理一样，一蹴而就的文章是会有的，但是酝酿的过程可能就会很长；又或者写好的文章想要更好，就必须做字斟句酌的推敲和修改，力求要把自己想要表达的事情尽情地倾洒在纸墨之上。其实，写东西也要像说话一样，你要把自己最想要表达的事情全都说出来，要说的事情很多，你又怕自己说得不够清楚，对某些情况还要做反复的说明，结果就会越说

明与暗（宽容篇）

明与暗的角力

小话题·大智慧

越复杂，越说越多话。到了最后连你自己都不知道自己真正想要表达的事情究竟是什么？不需要这般复杂，你只要清清楚楚地把你要说的和想要表达的问题说出来就行了。你的嘴巴就跟着你的思路走，线路清晰，头尾照顾，自然你的话就说清楚了，你要是写文章的话，你的文章也就写好了，并且还会是一篇好文章。

密匙：做任何事情和说什么话都是一个道理，自己首先要把自己的思路理清晰，千万不要受一些细枝末节的事情或者是情绪所影响，一心一意地做好自己的准备，不要在做完之后才发现有什么遗漏的地方。这都是需要平时养好的习惯，在关键的时候自然就会派上用场。

明与暗的角力

　　致虚极，守静笃。万物并作，吾以观复。夫物芸芸，各复归其根，归根曰静，静曰复命。复名曰常，知常曰明。不知常，妄作凶。知常容，容乃公，公乃全、全乃天，天乃道，道乃久，没身不殆。

——《道德经第16章》

小话题·大智慧

明与暗的角力

6

明与暗
『平衡篇』

话题一
从正面和背面角度观察

　　社交和工作生活之中的人与人之间的关系，明着看起来是复杂的，暗着看却发现只是角度的问题而已。性格孤僻的人一般都不能正确地评价自己，要么总是认为自己不如别人，怕被别人讥讽、嘲笑和拒绝，于是就把自己紧紧地包裹起来，这样只会使原来就脆弱的心更加地越发显得脆弱。要么就是自命不凡，不屑于与别人交往。其实这两种态度和观点都是不合适的，需要重新调整观察的角度，重新认识自己和他人，改变自己以往的社交方式，争取多一些与别人沟通，尽情地享受与朋友在一起所带给自己的快乐 。一旦在生活中发现有不对的地方，就要及时地调整自己观察问题的角度，并且尝试着从正反两个不同的角度找出问题所在，尽快将问题解决。

　　密匙：有时候自己会对自己身边的小事情一再地忽略，直到这个问题被一拖再拖，无法再拖下去的时候，问题暴露出来的就远远不止是原来那么多了。对于有些潜在性的问题，要通过不同的角度进行观察，然后再相应地做出处理，这样的效果就会好得多。

明与暗「平衡篇」

明与暗的角力

小话题·大智慧

话题二
要完善自我的个性品德

"宠利毋居人前，德业毋落人后，受享毋增分外，修为毋减分中。"在"公与私"和"德与义"之间，人的思想都是起着最为关键的作用的，过去那种简单的做法早就被现在的新派作风所取代，人们更加的讲求一种"公众道德哲学"。人们在追求个性化张扬的同时，也会注意自己与公众之间的"互不侵犯"。越是在公共的场所就越是要体现出自己的"个人性，"既不以自己的个人行为取悦公众，也不希望别人过多地进入自己的"私人领地"。人们对于公众的服务意识和服务愿望与建国初期的爱国知识分子和爱国归侨们的热情相比，是存在着很大差异的。那个时代的人们思想会更加的淳朴，内心会更加的真诚。那时尽管是物质贫乏，但是人们的精神世界却是十分的富有，根本没有现代人的忧虑和忐忑，这样纯粹的精神世界实在是十分难能可贵，我们至今无法效仿。

密匙：现在的社会人们对物质的渴望似乎越来越大，对"身外之物"的拥有更是赤裸裸和变本加利。对于财富拥有的渴望简直就是一个个的"无底洞"。对财富我们的祖先教导要"知足常乐"。我们为什么现在的幸福感会下降，就是因为社会环境和自身压力造成的。自己要清楚自己的生活目标，不要被过多的压力压得自己喘不过气来。

话题三
健康的情趣就是健康的人生

　　对于生活的内涵每个人首先要有一个正确的认识态度，除了工作和事业之外，有些人会选择与朋友一起做户外活动，也有人喜欢在城市的某一个地方聚会，还有的人喜欢一些有情趣的个人爱好，摄影、画画、看书、下棋都是人们喜欢的娱乐。这些都是健康而有意义的活动，是我们这个社会最为倡导的健康生活方式。千万不要沉迷于一些冒险和刺激的游戏之中，并且难以自拔。要懂得自我珍惜，不要轻易涉险，有时候，往往是一次不经意的经历，就会导致意想不到的后果。有理智的人千万不要做出这样的事情，还是让你的生活回归正常为好。

　　密匙：情趣人生的前提条件就是自己对自己想要的东西要分得清楚，什么是可以做的？什么是不可以做的？什么样的朋友可以相交？什么样的朋友不与为友，自己都要有一个清楚的判断。生活方式决定一个人的生活质量，一个人的生活品质同样也反映出这个人的道德水平，所以，在任何时候都要守住你自己的大门。

77

明与暗「平衡篇」

明与暗的角力

小话题·大智慧

话题四

交往是提升人的综合素质的最好磨练

　　我们每一个人都是从内心里希望自己拥有更多的朋友，因为朋友的关心和关注，会给你带来温暖和美好的回忆。但是，与别人的交往，就意味着你的交往能力会受到挑战，你会因为不停地与不同的人打交道而感到身心疲惫吗？你会对复杂的人际交往感到有心无力吗？假如这些问题都没有阻碍你，就不妨继续交往下去。在与人交往的时候，要注意你的"公众卫生，"就是不要太突出自己的主动性，在言语和行为方面都要考虑相互的谦让，不要随意地抢别人的话题，也不要太过以自己的个人意志为转移，同时要关注别人的观点和看法，要对别人所提出来的合理想法报以真诚的支持和佩服。待人以诚，虚怀若谷都是做人的良好品德，要从彼此的交往中获得良好的裨益。

　　密匙：与人相处也是一种学问，有的人在跟别人相处的时候，往往不够注意分寸，本来自己的内心并不希望会是这样的效果，就是因为在分寸上没有把握好，最终就会适得其反，弄巧成拙。假如把关系处理得好，除了令你的心情愉快，彼此之间的友谊得到增长以外，你还会因此找到志同道合的好

朋友，这种可能性是很自然会发生的。

话题五
在宁静之中体味人生真味

　　谁都觉得都市的生活节奏非常快，每个人一天到晚都是忙忙碌碌的，真正能够静下心来放松身心，思考一下人生为何如此的人又有几许？许多人都是白天在工作中忙活了一天，整个人的身心都是疲惫不堪，回到家中或是懒在电视机前，或上网，或是逛街消夜，稀里糊涂地一天时间就这样在身边溜走了。这样等到一年时间过下来，似乎也没什么值得留念和值得特别要回忆的事情。想想我们现代人怎么就不能像古代的人那样地生活，古代人的生活是闲适而优雅的，他们时常在这种闲适中思考和体会自己的本心，于悠闲安逸的生活中领悟心中的宁静，于平淡中品味生活的质朴与真味。这是我们当今现实生活中很难奢望的状态。但是，适当的自我放松和自我调适，追求心灵的一种无我境界，让自己的内心暂时处于一种无欲无求的空灵状态，就像模拟跟着一位印度瑜伽大师作身心灵的互动，也是一种很好的体味。

　　密匙：如果我们将人生看作是一次旅程，那么，就把这短暂的小憩当作是长途旅程中的加油站吧！让你的心在静谧中自然就会放松，让你在身心放松中不断地对生活有更加深切的体会，让你在休

整过后重新找到新的斗志，然后开足马力再向下一个人生目标冲刺。

话题六
坚定事业目标首先是靠斗志

有些人的一生可能不仅仅是设立了一个人生目标，当其中的一个目标离成功的可能有些距离的时候，恐怕就会产生放弃的想法，然后又再设定一个新的目标，再试一次。周而复始，就像是在游戏人生一般。当然，你可以说这是刚开始的时候经验还比较欠缺，还看不准方向和路径，并且还要再给自己机会。的确，我们每个人何尝不是从一步一步的摸索中走过来的，谁有天生就知道自己应该怎样去走好自己的人生道路的本事？假如从小就知道人生的道路应该怎么走的话，那每个人都不会走错道路和选错方向，到达成功的路径就很短，人生也就显得特别的短暂。有了人生的目标，就应该有了努力的方向，人就应该比原先更加的有斗志，就不应该把精力无谓地浪费在其他的事情上来。目标的追求讲究的是全心全意，要有一鼓作气的气度，这样的成事空间就比较大了。

密匙：当你认识到自己所设定的目标是正确的话，你就只管拿出义无反顾、勇往直前的劲头来，要有"不达目的誓不罢休"的雄心壮志才行。假如

你觉得自己的努力方向偏离了你的目标，或者是你的人生目标与你早期设定的目标相去甚远，你想中途做出调整。这也许不是一个最坏的想法，只是建议你可以把原先的长远目标改成中期和短期的计划，把比较容易实现的目标先行去完成，这样也许会增加自己的获胜信念。

话题七

用自身的定力降服物欲之心

每个人都希望自己能够过上富足的生活，但是"富贵须靠辛苦成"这样的话却没有几个人能够牢记。于是，物欲的诱惑就好像是悬在人们眼前的"百宝箱"唾手可得一样。对于物欲的欲望最好适可而止，更加不要产生邪念，或者是偏离了追求的错误方向。要学会控制自己的私心杂念，增加自己抵御物欲诱惑的抗震能力。学会对于来自外界的各种各样的信息要有所"筛选"和"甄别"，学会合理地调节自己的情绪。无论是面对何种情况，无论是在何种场合，都不应该让自己的情绪失控，否则会很容易被别人利用，对自己造成不利。要用自己的内心定力降服自己对物欲的贪念，"无欲无求"就是最佳的精神状态，冷静的头脑，就是你成就事业的最好保证。

明与暗——平衡篇

明与暗的角力

小话题·大智慧

密匙：聪明的人会把空想变成行动，愚昧的人只会一味地等待，不肯去动手。只要你的理想不是太过于像"空中楼阁"，你的成功希望会离你越来越近，不要让自己变成没有实际的墙头草，而是坚定信心朝着前方不断进发，这才是你的人生正途。

话题八
多一点智慧多一点技巧

做事情切记不要主观判断，不要武断一切事物的表面现象，也不要把你一向喜欢简单做事情的习惯一直沿习下去。每遇到一件事情，都要善于做及时的总结，并把同一类的事情加以分析和对比，会从中发现新的感受，对你下一次再遇到同类型的案例会有帮助。每做出一次结论，都要事前做好周密的思考，越是时间紧迫，就越是不能松懈，不要因为怕时间不够就急急忙忙地把东西交出去，可别忘记，这件东西是代表了你的整体，一旦送出去的东西，就是把你的信誉交付出去了，已经没有回头的可能。你宁可想出一点技巧，也要体现出你最完美的一面来，这才是你要展示给别人看的最真实的东西。

密匙：经过你完成再交出去的成果其实不是最重要的，最重要的往往是你如何完成的。这也就是

你的信誉和口碑如何的问题？你给别人整体的印象如何？还有你的能力和技巧如何？这些的问题恰恰就是形成了你的"品牌形象"，你千万不要轻视了这些客观存在的重要因素。

话题九
把你的羞怯心彻底改掉

　　如果你觉得自己存在有羞怯和害羞状况的话，不要用轻描淡写的理由推搪过去。要知道，这是一种"病态"的状况，要引起重视，否则它会愈演愈烈。形成和养成这样心理的情况很多，追究起来是与从小的成长有关系，也有后天形成的情况，这样的事情是比较常有的，所以你不必特别担心。你要有意识地针对自己的内心活动，进行一些修正。看书学习交友，扩大自己的社交面，这些都是很重要的手段，另外就是要懂得正视自己的存在现状，不要被这种情况吓倒。要相信自己有能力做出改变。事实上，有很多历史上的名人和成功人士，他们都是存在着与你相同情况的"毛病"，他们都是些不同时代和不同国家的名人，他们身上的特质，都是成就了他们成功的主要因素之一。

　　密匙：不要以为自己的身体患上了什么毛病，更加不要整天紧张兮兮的样子，这样非但对你的

"好转"没有帮助，相反还会加重你身上已有情况的程度。要把它当作是新学习机会来看待，重新调整好自己的状态，更加不要有偷懒放纵和忽视问题存在的回避态度。要勇于面对不合理的现状，把自己的心态调整好，就等于把自己的视角和观念调整好了，你整个人的状态就会转变，并且就会立刻见到成效。

话题十
机会来了不要回避

当某件你一直盼望的事情突然呈现在你的眼前，比如是你向往已久的工作，收到了对方的聘用通知书；又或者是你参加某样培训，拿到了录取通知书；再有就是你的出国护照已经批复下来了等等，因为好事情太多了，你已经乐得手舞足蹈，乐不可支，快乐无比的时刻，就等着你自己做出最后的抉择。越是这个时候的你就要越加地冷静，对于自己的决定机会只有一次，如果没有选对，将来你不要说出"早知道当初"的话来。记住，你可以去征求别人的意见，但是，有时候听了别人的意见，也会左右了你的判断，最后这个主意是别人站在自己的角度做出的思考，是否适合你，就很难确定了。要知道，最了解你自己的人还是你自己，何况这样的好事情不是经常会有的，你自己要仔细想清楚，还是由自己把握自己的命运要好得多。

密匙：要是对你眼前某一件事情一时拿不定主意的话，"进退维谷"和"举棋不定"都是矛盾的表现，这个时候自己就不妨出门换换空气，让自己的大脑灌上新鲜的空气，把原先脑子里的沉闷之气换出来，彻底地换换脑筋，还要把这个问题好的一方面和坏的另一方面都进行一番对比，然后来想一想，你肯定会想出更加好的主意来。

明与暗·平衡篇

明与暗的角力

小话题·大智慧

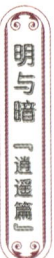

明与暗「逍遥篇」

明与暗的角力

小话题·大智慧

不出户，知天下；不窥牖（you），见天道。其出弥远，其知弥少。是以圣人不行而知，不见而明，不为而成。

——《道德经第４７章》

明与暗

『逍遥篇』

明与暗「逍遥篇」

明与暗的角力

小话题·大智慧

话题一
见好就收 功成身退

李太白《将进酒》有云："人生有酒须尽欢，莫使金樽空对月。"古人尚且有此心思，我们现在的处境倒也是可以以此为借鉴的。当你在股市上"耍着"太极拳推手，顺顺利利地有所"斩获"，喜形于色，且顺风顺水的时候，大家都是看好后市继续一片飘红，盼着指数继续追高，好大把捞钱。可是，危机恰恰就是隐藏在表面的欢喜和平静里面，上午还是喜气洋洋的股市，到了下午就突然变成了疾风骤雨，甚至还一泻千里，不断地下挫，真是令人空欢喜一场。人生也是如此，顺境的时候当然一切都好，但是当人生处在艰难时期，就应该不放弃希望和努力，慢慢地调整自己的状态，以待日后"一跃而起"。千万不要像那些股民，看到股票下挫就"斩仓"，最后血本无归。心存希望，永不放弃，困难只是对自己的一次磨练，经过浴火重生之后，人生又会到达另一重阶梯。

密匙：无论是事业上的境遇也好，还是股市上的商机也罢，都是"机遇与风险并存"。在顺利的时候要懂得"稳守"和"满足"，这个时候就不能急躁，不要随意变化，节外生枝。保持"平稳"就是把已经得到的一切稳住局面，不要使它有所摇摆，从本来是好的局面变成不好的局面。这就是得

了利好的情况下还要懂得保护，这样好局面才能保持得长久。

话题二
学会退一步海阔天空

为人处世如果能够适度地做出退让，你和他人都会感到很轻松很愉快。适当地对别人做出退让，你会少生很多闲气，还能获得内心的安宁。譬如每天面对上下班的开车堵车现象，你烦心别人也烦心，大家都是气咻咻的，相互之间谁也不让谁。当遇到窄路和弯路的时候，大家就互不相让，一大堆车就堵死在一起，谁也别想再往前开出一步去。其实这又何必呢？让别人先走一步自己又没有吃什么亏？你退后一步又没有多少损失？学会让别人一步，你会觉得自己的视野会更加的宽广。"与人方便，自己方便"，"众人拾柴火焰高，得饶人处且饶人。"吃独食不胖，退后一步就是向前跨一步的开始，吃小亏赚大便宜。

密匙：人的心胸宽阔是要练出来的，要时刻提醒自己遇事要从大处想。当你时刻牢记小便宜占不得的时候，就要清楚地知道自己的态度应该是怎么样的了？只要态度和心态都好的话，就无需再为一些生活中的小事情斤斤计较，也不用为一件很小的

事情烦恼，从此你的生活就会进入另外一种层次，自己也会感觉到轻松和快乐。

话题三
给你的内心留出一片空间

"时时留余地，天不忌我，功业求盈求满，不生内变，必召外忧。"任何时候都要切记：做任何事情都不要把事情做绝了，尽管现在不打交道了，日后都会好脸相见。要做到这样的效果，自然是最好的，不要做事情只为一方要求尽善尽美，对另一方就求全责备，不给别人留有一些空间和余地，好像非要把别人逼到绝路上去不可。你要是这样的话，连老天爷都会埋怨你，别人也会远离你，最后你就只剩下孤家寡人一个了。到了某一天，坏事情和你意想不到的灾难，就会不期而遇地降落到了你的头上。

密匙：世间的事情经常是反复无常居多，人生的道路也不尽是平平坦坦。要在人生的旅途中知道进退的要领，要懂得谦让和忍耐，你的事业才会一帆风顺。现在的社会最是讲求现实，当你手中有权利的时候，你的身边就会围满了人，都是想来巴结于你的；一旦你失去了你手中的一切，原先在你身边转来转去的人就会自动消失得无影无踪。要把人

生的起落看作是一件平常事，身处困境不气馁；身处顺境不骄傲，不卑不亢，进退有度，宽以待人，事业上就有很多的人帮助你。

话题四
要谨守君子之道

现在的社会似乎对于诚信是非常看中的，身处复杂的社会之中，复杂的社会环境就是对人的最大考验，你是不是有诚信，你的诚信度将是你在社会中口碑是否达到最佳效果的一个验证。你对别人如此期望的同时，别人也会对你有所期待，你是否能够"守口如瓶"不泄露秘密？要是一旦被"有心人"知道了，你就会处于危险的境地。常言说："病会从口入，祸会从口出"。假如你是一个有事业心的人，最先要懂得的就是管住你自己的嘴，否则你就很难将自己的事业做好，这就需要你首先是个很有意志力的人，并且要有恒心和记性，这些都是事业成功的基本要素。

密匙："地之秽者多生物，水之清者常无鱼，"是故君子应厚德载物，要有容人的雅量，要有宽阔的心胸，更要有高远的气度。身处复杂的社会当中，假如内心的思想太过于理想化，就会容易受到挫折，因为难以忍受社会的种种不平而意志消

沉，慢慢就会觉得自己在社会上"寸步难行"。所以，人就是要张弛有度，要懂得兼收并蓄，要用自己的宽广心胸去容忍别人的缺点和毛病。"君子坦荡荡，小人常戚戚，"合理地舒展你的君子风范，将人气多一点聚拢到自己的身边，你就是一个真君子，你的事业也会一片光明。

话题五

大德无痕大义无言

对别人曾经施予援手，自己的内心放不下，常常要对别人说起，生怕别人不记得，这样就未免有点凭功摆好之意了。要是你不这样做，可能效果还好些，要是你这样去做了，效果就会适得其反了。要是懂得感恩的人，你不用说，他也会记在心里。遇到忘恩负义的人，你就是再说多几次，他也是不会有半分感激之情。你说多了，反而会让对方"以怨报德"，徒令你自己内心受伤。对于自己的过错，不要轻易地忘掉，要吸收经验教训，反省自己的行为，避免再次犯同样的毛病。被同样的一块石头绊倒两次的行为是十分幼稚可笑的，千万不要犯这样的低级毛病。

密匙："吾有功于人不可念，有过则不可不念；人有功于吾不可忘，有怨则不可不忘。"别人对自己有过恩惠的，自己不应该忘掉，要时常心怀感恩之心，并且寻找报恩的机会。对于别人曾经无意之中伤害过自己的，不要整天怨怨不平，心存仇恨之心。这样是很累人的，你的心也会因此而被拖累，不再会感受到生活的美好。记住，冤家宜解不宜结，江湖一笑泯恩仇，如果是这样的话，你的内心就会得到升华，你的气度大了，你的事业也就开阔了，你的前程就更加高远了。

话题六
不轻易相信也不随便妒忌

你是一个有主见和有定力的人吗？倘若你是偏听偏信不考虑全面，就很容易被他人利用，使自己的事业遭受因为错误判断而引致的损失。倘若你的自信心极度膨胀，过分地相信自己的才能，你将对别人对你提出的意见充耳不闻。你变得自大自满起来，并且还有意无意地伤害到别人，还会用自己的长处比别人的短处。你完全看不见自己的短处在哪里，看见自己做不好的事情别人却能够轻而易举地做好，往往就会心生嫉妒，这都是影响你继续进步的原因。

密匙："楚汉之争"开始的形势本来是对项羽有利，他贵族出身，有学历，受过正统教育，又名

明与暗「逍遥篇」

明与暗的角力

小话题·大智慧

正言顺是个统帅人物。论人才，项羽旗下能人又多，士兵又都听从他的号令，就连身边的美人都是忠心耿耿地追随于他。看来，胜利的旗帜本来就是倒向项羽这一边的。刘邦原本是一个地痞无赖，就是因为他会"耍无赖"，会用自己的手段把能人收归到自己的手下，并几次"耍滑头"赢得了机会，最终从实力强大的项羽贵族手中把江山夺了过来。而没有容人度量的孤家寡人贵族楚霸王，最后只落得乌江自刎的悲情结局。

话题七

宽容待人 谦和待友

要是对待别人总是喜欢板着一副面孔的话，这个人肯定是不受别人待见的。"见人三分笑，菩萨也说好！"假如用一张冷淡的面孔对别人，往往就很难笼络住人的。要是在这样的人手下做事，无论你付出多么大的辛苦，取得了多么大的成绩，都会是徒劳一场。时间一长，你就会有离开的打算。在这样的人手下做事，时间一久，但凡有点本事的人都会远走高飞，不愿意为这样的人卖命。最后能够留下来的就是一些能力一般般，只会是唯唯诺诺的人。同样，结交朋友也是如此，要结交的人到底人品怎么样？关键时候就能看出

来。当你遇到麻烦的时候，这些自称是你朋友的人，他们会在你需要他们的时候向你伸出援手吗？在你有权有势的时候，他们无非就是想从你那里得到一些好处，假如你失势了的话，对你不离不弃的人，才是你的真朋友。这样的朋友，一定要珍惜；这样的朋友，一生有几个就足够了。

密匙："用人不宜刻，刻则思效者去；交友不宜滥，滥则贡谀者来。"对待一起共事的人，我们要更多地给予互相帮衬，彼此之间要多一些关心，把大家的共同目标作为推动力，人和事合力而为，是最能产生关注点的了。否则集体的力量会受到削弱，集体的事业就会一蹶不振，大家的利益就一同受损。朋友也是如此，能够共同进退的才是真朋友，趋利避害的人是靠不住的。要想做出检验，平常遇事就要多做观察。好的朋友值得珍惜，虚情假意的人就要摒弃。

话题八

曲高和寡流于平庸

当你徒步远足在郊外的山冈，远眺远处高耸险峻、峰峦叠嶂的山峰，你也许会发现，那些高高矗立的山峰上面，很

明与暗「逍遥篇」

明与暗的角力

小话题·大智慧

少会有高大挺拔的树木生长，能够长出高大树木的地方，往往就只有较为低矮的山坡。你再看看河流也是如此，假如是地势险要的地方，河水又是湍流浪涌的地方，水里头肯定是不会有鱼的。就好比是人的清高性格，"曲高和寡"的人生性就是清高孤僻，自己独处的时间长了，就会慢慢地养成狭隘偏激的性格，很难与别人相处，这样的人做事情也很难会做大做强，因为他的朋友很有限。只有和缓的水面下才是鱼虾喜欢出没的地方，只有地形缓和的地方才是树木长势最好的地形，气场大了，人气旺了，事业才会有更多的人捧场。曲高和寡，最终只是会流于平庸，只有在平凡之中才能孕育出伟大的不平凡。

密匙：我们每一个人都是一样，不管你是从事什么样的工作，也不管你的岗位是多么的重要，或者只是一般性的岗位，你都离不开"人气场"这个圈子。要懂得一个永恒的定律：人的关系，就是决定你事业成败的最为关键的主要问题。在人与人之间出没，要首先懂得这种关系的要领，才会使你前进得顺利并有保障。

话题九

远离名利 尚德修心

　　连小孩子都知道的道理，受表扬的事情谁都乐意接受，挨批评的事情，谁都希望跟自己无关。这是很正常的反应，出名有利可图的事情谁都想要，但是，要是所有的好事都被堆在一个人的身上，周边的人只有干的份，却没有分享的权利的话，那么这个"独享者"就会受到周围的人嫉恨。凭什么做工作的时候，拼死出力就有我们的份，有了功劳和成绩就没有我们的份呢？我们就算是没有功劳也有苦劳吧！既然你是这么的有本事，下回工作就让你自己一个人去做算了，不给你添乱捣鬼就已经是很不错了。要是这样的情况，任何事情都会很难做好的了，就别再希望有什么大的进步。明白事理的话，就千万不要再这样做事情，要懂得把自己认为好的东西也拿出来与别人分享，付出与获得不一定成正比，但是，只要是有收获就是好的。

　　密匙："共同进退"是集体利益的共同基础，尤其大家都在同样的集体当中，更要齐心合力才好。作为团队的核心人物，要有敢于担当的精神和勇气才行，有了好处要先想着周边的人，这样别人下次才会继续地挺你，真心实意地听从你的调遣。这样，你做的事也就顺利了，你的心情也会好得多，你的功德就完满了。

话题十
虚以委蛇的做法并不可取

　　一个人做事的风格似乎成了习惯，做事情一直都是虚头巴脑的样子，与人打交道总是喜欢玩虚的，不管事情能不能做到，都先应允下来，之后就不了了之，自己说过什么和做过什么都忘得干干净净的。不要以为自己很聪明，其实你的习性随着时间的流逝，别人就会把你的一切看得很透。当你再次故伎重演的时候，你是很难赢得他人的信任的了。你也别想再用花言巧语来装裱自己，也不要想着以天花乱坠的表白来扰乱视听，就算你把胸脯拍得山响，也不会再有人上你的当了。别人对你一旦起了提防之心，你就很难再有谋事的机会，你的事业就会大受挫折，事业就会每况愈下，只有不停地走下坡路了。

　　密匙：做人最要紧的就是不要做有损自己人格和形象的事情，要想在社会上站稳根基，首先就要把自己的"德"和"品"树立好，自己能做到的就说能做到，自己做不到的就说做不到，不要玩"虚以委蛇"的那一套把戏；不要对一些事情太过纠结于具体做事情的方法；不要死死板板地与人打交道，要善于灵活变通；也不要太过于缺乏人情味，给别人压迫感。想要样样都做得好不容易，只要努力改进就好。

明与暗的角力

大邦者下流，天下之牝，天下之
交也。牝常以静胜牡，以静为下。故
大邦以下小邦，则取小邦；小邦以下
大邦，则取大邦。故或下以取，或下
而取。大邦不过欲兼畜人，小邦不过
欲人事人。夫两者各得所欲，大者宜
为下。

——《道德经第61章》

明与暗的角力

小话题·大智慧

8

明与暗

『激励篇』

话题一
万丈高楼平地起

明与暗的角力

小话题·大智慧

　　要想自己的人生和事业有所作为的话，就必须从自身的主观能动上先要有所作为。首先你的态度是积极进取型的，但又不是那种削尖脑袋到处胡钻乱拱的人。你要采取顺应自然的平和态度，并且以超乎定力和超乎平静的思想和行为对待生活。不要对生活有过多的期盼和期许，不要早早就设定好自己的"最佳"目标，成为自己前进道路中的一段标杆，搞不好，这段标杆将会影响你的潜力正常发挥。因为通常事情的运作都会有"调整期"，这是自然不过的事情，要是不停地出现"标杆"，它实际上已经远远地抛离了你的正常生活轨迹，难道还要它像影子似的跟着你。做任何的事情都是遵循一个道理，就是从小到大，从少到多，从易到难。一栋高楼拔地而起，过程都是　样，也是从　砖　瓦入于，从地基地面开始，逐层而上，渐成高楼的。一蹴而就的事情会有，但绝对不是成就事业的大事。要想事业有成，一步一个脚印，才是奠定事业的基石。

　　密匙：成就事业是会受制于很多因素的，"以无为的态度做的事有为，以无事的态度做事无成，"这也是一种态度。以恬淡的心，观察周边的一切，以简朴的人生丰富自身的内心，就算是有天大的事情，也要懂得把它化解成很细小的事情。有

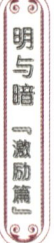

明与暗的角力

小话题·大智慧

些很小的事情做好了，恰恰就是大事情的开端；天下最难的事情，也是从最小的地方开始。做事情要是懂得从细小的地方入手，那么事情解决起来就会容易得多；更大的事情要想解决起来也就简单得多了。古代的圣明之人似乎都是谨小慎微的谦谦君子，他们越是不显示自己，反而会越加地显示出自身的高大来，这就是现实的写照。

话题二
站稳脚跟不仅仅是一句空话

世间万物，差强人意的事情很多，每个人都想着自己能够达成自己内心的愿望，为了这个愿望的达成而"绞尽脑汁。"在做任何事情的时候，照说每一个人的机会都是均等的，每一个人的创造力的发挥是否到了极致，这将取决于"天时地利人和"的客观条件。要做好一件事情，人的主导作用是其他所有因素的首要条件。漂亮的话语和漂亮的外表都是对事情的成功毫无帮助作用的。最为关键的办法还是人的因素起决定性作用，这才是一个人能够最终在社会上站稳脚跟的关键所在。

密匙：其实世间上也没有什么特别的奥秘可言，人才是生活中各方面的最终主宰者。想要做成功一件事情，光是靠漂亮华丽的语言是不行的，也就更加不要指望用美丽的外表来装饰什么。一个本性是脚踏实地做事情的人，他要想把自己的事业根基扎稳，就要踏踏实实地认真做事才行。生活也会考验人的耐心，只要你真的付出了你的辛勤劳动，你就一定会收获到"满意"的结果，相反地，你可能就只会收获到"失望"。

话题三
世事无小事此话不假

生活中你是一个有心人么？你对你身边所发生的事情是密切关注呢？还是对所有的事情都抱着"事不关己，高高挂起"的观点呢？如果有一天你突然意识到这样的道理，大的事物总是始于小事情发展起来的，自己轻视身边的小事，可能就是把身边最有可能的机会白白放掉了。任何事物都是这样，从小事开始，然后逐渐变大，并随着事物发展的态势产生变化、发展的完整过程就是一个从开始到结束的过程。人们往往对于在这个过程中出现的事物细微变化不够重视，在此过程中有可能发生祸患。如果问题发现得早，祸患就能够及时受到控制；要是发现得晚，祸患就会降临，任何时候，都不应该低估小事情的存在。

密匙：小事情最容易被人们忽略的原因是它的不被重视，这样才会让小事情有了一个成长的空间，让它从一个很小的开头变成最终能够阻碍正常事物发展的"杀手"，而不是当这个"小坏蛋"还在"襁褓"中的时候，趁着它还很脆弱细小，就把它消灭在摇篮里。"合抱之木，生于毫末；九层之台，起于累土；千里之行，始于足下"。千万不要小瞧微小的事情，它有可能就是你事业"成"与"不成"的最后关键。

话题四

什么样的关带什么样的兵

假如你是一个心思很活泛的人，平日里就是心思用得最巧，手腕使得最精的人物，你此时可能会以为自己是"掌控着一切"的人了。不过，你或者已经忘记一点，"近朱者赤，近墨者黑，"对于你的所有"招数"，你的手下和你的朋友对你早已经是"洞察秋毫"，"了如指掌"了。对于一个大公司和大企业来讲，如果不按照理性和科学办法来管理的话，很可能就会出现"人浮于事"的情形。只要是弄巧使手腕的人多了，这个公司和企业就像暗中被虫蛀一般，慢慢就变朽变空，那么，更大的灾难就会降临。假如用完备的科

明与暗的角力

小话题·大智慧

学办法来管理，不言而喻，一切都是向着光明奔去。不要小看"龙头老大"的真正作用，他将是关系到几百上千人的前途和命运的大事。

密匙："古之善为道者，非以明民，将以愚之。民之难治，以其智多。"所以，你要是当头的人，首先你就不要总是在大家面前使用小心眼、小伎俩什么的；也不要总是表现出你的狡诈模样来。你要知道"潜移默化"的作用，并且还会出现"以其人之道，还治其人之身"的真实现状来。淳朴、自然、大度，既遵循自然和崇尚科学，又恩威并施通晓法则，这又是一种最为自然和谐的法则，你和你的部下都会在这样的环境气氛下倍感轻松愉快。

话题五
得失之间要取舍有度

你的手中攥着权柄吗？你是用紧紧的抓力来握牢这个权柄的办法，还是让你的手在感觉力度合适的情况下还运转自如，甚至还能够顾及到其他呢？手中有权柄的人要先有"弯得下腰"的本事，最终才会有"居上"的成功；要有肯"吃亏"，肯"退后"的精神，才会最终向前；只有肯"不争"，才会"无人能争"；只有"无为"，才是真正的"有

明与暗的角力

小话题·大智慧

为"。这就是儒道释的精神要领，能够达到"明君"和"圣君"的标准的，都是国家法典的身体力行者，榜样的垂范作用是非常重要的，上行下效将是自上而下贯彻始终的根本。

密匙："江海之所以能为百谷王者，以其善下之，故能为百谷王。是以圣人欲上民，必以言下之；欲先民，必以身后之，"假如位高者总是强立于群众之上，群众就会感受到巨大的压力；相反的，位高者肯恭倨群众之下，群众没有感觉到压力，大家的内心就不会有什么不平。大家没有什么可去争的，自然人们互相之间就不会有什么会激化的矛盾了。

话题六
不敢为天下先的真正含义

古人认为有三种品德是最优秀的：第一是慈悲，第二是简朴，第三是不敢为天下先。有道是："天下皆谓我'道大，似不肖'。夫唯大，故似不肖。若肖，久矣其细也夫！"古人将天下人人都要遵循的大道理看做是没有具体的东西，"无形就是有形"，所以天下的大道是无处不在的。在这样的情况下，应该遵循三种最优秀的品德，那就是上面所说的"三宝"。有了慈爱的心，做起事情来就会坚持而勇

敢，懂得节俭的人，处理起事情来就很有耐性和坚定，对于什么事情都不去争的人，其实不争就是争，不争的你反而都是你的了。

密匙：面对大家共同的利益，有人会表现出迫不及待的样子，希望无论是什么样的好事情都不要少了自己。当然，不好的事情最好就要远离自己。这种事事要出头，出头目的又很自私的行为是很让人鄙视的，这种人也是很难让人心服口服的。假如在集体利益面前，表现的是慈悲为怀之心，而不是纯粹从个人利益和目标出发，处处维护公众的利益，面对与自己有利的事情"不敢为天下先"，这样的人肯定会有很多的机会在等着他，到了这个时候自然他也不需要推却，这就是"让"等于"不让"的道理了。

话题七

要善于利用别人的力量为己所用

我们在《宽与窄的纠结》中提到"要避免与别人发生正面冲击"的话题，其实这样的情况要是从更高的层次去领悟

其中要旨，就是要人们在遇到事情的时候要节制，不错，你很愤怒，但是你要用大脑指挥你自己，而不是凭你的直觉指挥大脑。不要逞一时之勇，不要轻易地被别人所激怒，要用智慧来制止你的冲动。你不发力让别人先发力，等别人发完力之后，你再借助别人的力量，达到你不争却争的目的。

密匙：有很多的方法来解决日常生活中的事情，但是，不同的方法对于解决问题的效果是明显不同的。无论是使用哪一种办法，道德尺度的标准是首先需要把握的，要以不损害别人的生命和身体为最根本点的底线，同时，技巧和方法都是靠人的大脑想出来的，相互之间比的就是智力，越是这样就越是要表现出大度和容忍，这才是更符合大众的道德规范与准则。

话题八
要从事物表面洞悉事物的本质

有的人对于发生在自己身边的事情懵懂不知，有的人又只是一知半解，不懂装懂，急于发表自己的观点，一副照葫芦画瓢的样子吆喝得十分可笑。凡事只能看到事物的表面就以为是洞悉了事物的本质，自己就表现出很自以为是的样子，这是很可悲的。真正的智者往往是那些有自知之明的

人，对别人说的话，做的事情，还有言论的含义，强调的理由和根据，都要有一个合理而全面的了解。这样的人才是真正的智者，他们对自己内心的自我表白，恰恰就是其内心和思想的真实反映。

密匙：在言论上要有主见，在形式上要有依据，就算是很容易看明白和说得清楚的事情，也都要循着这样的规律而行。如果自己认为一切事情都是很容易，很简单的话，你就会容易犯处处出错的毛病，不要担心别人会没有理解你的意图，这只是你的判断而已。你让别人理解了，就容易办好事情。就像一个穿着破烂衣服的人，身上揣着一件名贵的玉石一样，你是一个"身藏宝玉"的人，你的"身价不菲"，自然会被别人看重的。

话题九

你快乐也会给别人带来快乐

大观园里的林黛玉把365天的每一个日子形容为："一年三百六十日，刀枪霜雪严相逼"，黛玉并不专指是贾母、王夫人或王熙凤就是自己的上司，她只是指自己所在的生活圈子，她所在的生活环境。作为上司要有宽厚待人之心，对待属下要厚道体恤，不要动辄就用"高压政策"惮压。人一受

小话题·大智慧

压就会像一条弹簧，总是处在受压的情形之下，弹力也会断裂崩溃的。做事情态度太过强硬的话，也是不好，但过于灵活，也很难得到保证。作为管理者要好好把握这其中的奥妙，把各种各样的关系都处理好了，你自己就会感到无比的轻松和快乐了。你感到了轻松和快乐，你的下属自然也就受其影响，也就会快乐无比了。

密匙："勇者最是坚强顽固，却是容易折戟死亡；柔者善于变通，过于改变，难于倚靠。"假如是按照自然的规律，负责管理的人善于观察并加以利用，每个人都会有自己的发展空间。当然，这都是要取决于正确合理的方法，顺乎民意，惯用大家都认同的方式和方法，"顺乎民心，合乎民意，"没有比这样的事情更加令大多数人所欢迎的了。

话题十
迎着风的时候最好要弯下腰

你是一个很强大的人吧？你很能干，自己也觉得自己很有本事，于是什么都不在乎，也就无所畏惧了。但是，在平常风平浪静的时候也许你还没有什么感觉，当有狂风骤雨的时候你还是如此，你就会被大风吹得举步维艰、寸步难行，不要说你平时感到自己是个人物，只怕此时此刻你就是超

人，也扛不住这阵子的巨风大浪，最终落得被打成支离破碎的悲惨结局。你还是学会弯弯腰、低低头吧！学学眼前的小草，任凭风吹雨打，只是一时的低头，雨后就能重新舒展筋骨，挺起胸膛。爱心与同情心是这个社会人类之间的友好基石，如果每个人都有对天地万物和人类一律平等的大爱，世界上就不会再有战火硝烟与纷争。

密匙：不要将"审时度势"变成一句空话，它应该是做人的最基本的准则。每个人对待自己的言行总是不去"隔三差五的"进行反思，日积月累，就容易养成自己的"毛病收藏"习惯，甚至是对自己的缺点视而不见。人都是很会"孤芳自赏"的，自己照镜子，看见的都是优点，毛病只是一概不见。就更加不要说改正毛病和缺点了。要真正学会自我观察自己的言行，才能够真正地了解自己的优势，也就会发现自己的不足，这样就不会让你陷入完全的尴尬和被动之中了。

明与暗「思虑篇」

明与暗的角力

小话题·大智慧

　　五色令人目盲；五音令人耳聋；
五味令人口爽；驰骋攻猎，令人心发
狂；难得之货，令人行妨。是以圣人
为腹不为目，故去彼取此。

　　　　　　——《道德经第12章》

9

明与暗

『思虑篇』

明与暗的角力

小话题·大智慧

明与暗「思虑篇」

明与暗的角力

小话题·大智慧

话题一
把命运攥在自己的手中

做人要做一个把命运抓在自己手中的人，做一个明智的人、理智的人，努力认识和承担自己使命的人。不要因为一点小事情，就成为阻挡了自己人生历程的羁绊。要经常从长远和未来的角度思考问题，也就是要考虑得长远一点。当你刚开始在做某件事情的时候，你的内心里都要想到这是为着自己的那份持久与辉煌做奠基作出准备，这样你才算得上是明智的。如果你总是为了眼前的事情在忙碌，实际上你就是等于给自己选择了未来的暗淡和混乱。当你的目光放得长远了，你就会懂得为自己积累真正属于自己的财富，包括人生经验，个人的能力和自身的素质等等。无论再遇到什么样的泥潭漩涡，自己就有能力从里面自如地走出来，就能够把自己的命运掌控在自己的手中。

密匙：对于自己的人生，我们每个人都是不可预知和难以掌控的，因为将来的事情会是怎么一个样子，我们每个人都无从得知。我们对于各自的命运也不可能事先预测出来，但是，我们对于自己的大致人生发展方向，还是可以从自我情况做出分析。一个人的发展方向基本上是与这个人的本质有着最为直接的联系。命运是人生的一种路向，成功与否，是要由价值指标来评判的。自己所能够掌握

的就是自己的命运，所以，自己要对自己的未来要勇敢担当才行。

话题二
通过学习来摆脱困境

　　人的一生就是一个不断学习的过程，每一个人都是某一个领域里的学生，也可能是某一个领域里的老师。那些在每个领域里付出了比别人较多努力的人，他的经验和收获也一定会比别人的多，因而他就是别人的老师。学习的过程往往都是从浅开始，然后再进入复杂的阶段；教的方法必定也是从循序渐进开始，这样学的人才不会搞乱。学习的过程要是组织得过于严谨，学生的压力就会很大，也会挫伤学生的积极性，更不利于学生的创造性发挥。人们对才能够提升自身全面素质的知识是有着学习的欲望的，这样的愿望就要借助传授和给予才能够实现。假如人们是在迫于压力的情况之下才去学习的话，那么，所学到的知识也是死板而肤浅的，绝对没有对新知识掌握以及得心应手地运用的那种快感。这个时候的学习就不光是要以改变自己命运为目的，而是要立竿见影地改变困境，其成效马上就能体现出来才是最好最正确的方法。

　　密匙：在学习的过程当中，同样也会存在着此消彼长的过程。教授的知识要是对帮助成长有利，

就算是没有生活经验的人，也会从中获得行之有效的宝贵经验，立刻就在实践中得以体验。如果是不切合实际情况的知识，只是为了以后或者是为了应付某项任务的达标而学习的话，这样的学习很快就会随着时间的推移而被遗忘在脑后，一点效果都没有。学习的目的就是为了进步，就是为了有特别明显的效果，对于人生的进步和发展都是有着明显作用的，否则就不要去浪费所有人的时间。

话题三
如果需要你做出等待

聪明又有智慧的人都是会遵循这样一条原则，娱乐和工作都可为。阳光和阴雨，它们一个带来光明一个带来黑暗，一个给我们带来希望一个给我们带来失望。但是别忘了，事物在发展过程中是可以互相转换的。表面看似就要乌云翻卷的天空，因为一阵风的飘来，吹开了笼罩的乌云，又把形势转化成为新的另一种格局。正当未来的结局要处在形成过程中的时候，我们能够做的事情是非常有限的，如果不明就里，鲁莽地进行干预的话，可能会把事情弄糟。你只需要等待就是最好的应对之策，这样并没有因为你的干预把事情弄糟而使你内心感到不安，只有那些缺乏经验和耐心的人才会

把事情办得更糟。

密匙：当未来的结局正处在形成过程中的时候，我们这个时候能够做的事情是非常有限的，假如我们盲目地出手的话，很可能没有办成事情，还会把事情弄得很糟。没有必要因为担心而让自己的生活蒙受着痛苦和不快乐。只要我们永远以力量和诚心作为生活的中心，就能够应付各种各样的挑战和考验，去充实自己，为重新找回自己的真我而焕发出新的生命活力。

话题四

成功的领导者也能够成为良师

我们大家经常面对各种各样的规章制度和组织建构，而这一切都是为了众人的利益而建立的。一个称职的领导人是能够唤起群众对他的信任和祈盼的，就像一个大团队结构，他们上下之间的关系相得益彰，从每个人的意识和大脑都形成了完全的默契。一个好的领导者并不仅仅只是懂得发号施令，他应该把自己置身于群众之中，这样才能够赢得他们的信任和尊重。当团队出现问题的时候，由于领导者所具有的丰富经验和远见卓识，他应该首先做出第一时间的反应和判断。假如是一个庸庸碌碌的人处在这样的位置，这个团队是

不会兴旺发达的，无能者只会把这个团队越管越差。好的领导者要有适时的反应，要灵活地带领自己的团队不断向前。要在需要的时候节制，要在必要的时候懂得放弃，在衰落的时候懂得取消特权，并且与大家同甘共苦，对损公肥私者必须责罚，这样的团队才是真正有力的合作团队。

密匙：所谓领导者，就是要带领大家向前进的领头羊，这样的人必须是群众信得过，有思想水平和干事能力的人才能够胜任。因为要对一些突发的事情做出"临场决断"的判断，就更要对此人要求甚高。领导者还要具备不断适应环境和形势的能力，要根据不同的需要做出合适的判断和调整，才能给下属信心的保证，具有公信力和稳定大局的操控力。这样的领导者，既是群众的上司，又是群众的导师，这种亦师亦友似的良好关系，正是推动一个团队顺利向前发展的最佳动力。

话题五

小不忍则会乱大谋

生活中的万事万物就像是水和火，明与暗的交汇，当它们互相碰撞的时候，自身也会避免摩擦，以便双方的继续发展，有一个大家都认可和缓空间。假如做事情都要想拔苗助长的话，那么很多事情就只会是事与愿违，这种办法是徒劳的，也是会对自己造成伤害的。假如我们选择的是轻松愉快的路径，采用和缓说服的方式，生活的潮流就会载着我们向着熟悉轻快的途径前进。也许我们还不会一下子就取得什么惊天动地的丰功伟业，但是我们有了更多人的支持，就一定会比过去更加强大。获得别人的友谊可以使自己的内心感到强大，会让我们在从事每一件小事情上都会产生被信任的感觉。所以，在任何时候，我们都不要做违反规律的事情，顺势而为才是最终的关键。

密匙：有些时候，即使我们有力量把事情推向前进但也可能会触犯到别人的利益。就像是逆水游泳一样，这是做了违背我们本能的事情，我们为此要付出的将要比我们得到的还要多得多。我们要修炼自己的本性和德行，要将以往修炼的点点滴滴积累汇聚成可以激起我们忍耐成事的本领，同时也要激励你身边的人跟你一起，重新建立合作的态度和树立起集体的合作精神，把信任变成是一种财富，这才是你想要得到的。

话题六

把你的磁场和人气的影响做足

磁场和人气不外乎就是这些东西：和谐的人际关系、明暗之间没有对抗、天地之间没有反向作用力。对于个人而

明与暗 「思虑篇」

明与暗的角力

小话题·大智慧

言，这样的和谐更多地表现为理智与情感、意识与潜意识、精神与状态之间的平衡关系上去了。当你的内心发展到这样一个阶段，也就等于你在你的周边创造了一个幸福和谐环境，各种各样的人与你打过交道以后都认为你是一个十分好相处的人，你要是领导者，你的决策将会是富有建设性的，并且很容易就被贯彻下去；假如你是一名正在积极上进的年轻人，你的头脑将是乐于接受并渴望吸收新信息的人。在这样的和谐状态中，你发展了一种新的直觉能力，并且能够"预见"到事物的发展未来。你越发增加你的机敏和应变能力，让自己的内心不被外部事件影响而发生意外，更加坚信自己的能量只是来自于自己的信念，不要把自己的尊严建立在头衔、社会地位、财富积累等特权因素的上面。你的内心会更加地坚定，你的人事秩序将会使你"临危不乱"。

密匙：通过与别人发展一种和谐而良好的关系，内心完全被一种机敏和谐的感觉所占据。良好的精神状态就完全能够把内心阴暗的阴霾驱逐出去，不再被外部的压力和模糊动机所困扰，了解每一段平坦道路的后面都会有崎岖的山路，和谐之路的状态是不可能长期保持着的，但只要锲而不舍地追求自己的理想目标，就可以享受现状并准备应付将要出现的困难。

话题七

解除相互之间的戒备心

明与暗的角力

只要有人群的地方，自然就会有群落的产生。就像是旷野中的动物群落，自然会根据自己的种族同类形成一个阵营一样。自然界是这样，人类也会有此特性。有相同的兴趣和共同意愿的人自然就会形成群落。通常都是从良好愿望作为开端，但由于慢慢加入的人多了，争执和妒忌就会产生，派别思想就会蔓延。于是成员之间就会出现互相猜忌和防范的"夹心"行为，并失去了开始时的同步性，并代之出现进攻与防范的状况，这样的状况将会出现一段时间。有些成员会把规则掌控在自己的手中，以此获得自己想要得到的东西，把集团作为一件工具为自己的目的服务。这个时候最需要的就是大家都要放下彼此之间的戒备心，互相之间都先冷静下来，共同回忆彼此的共同兴趣，忘记分歧，意识到大家的共同目的才是一致的渴望，放松和安宁才是目前所需要的，要恢复和回到初始时期的状态才是最为关键。

密匙：人与人之间除了相互之间的信任是良性的之外，还会存在一些非常长久的理性特质，表现在对别人的防范心，警惕性太强上面。当然，这种意识是随着时间的推移而逐渐产生的，而这样的反应又会互相之间来回影响。一旦彼此的戒备心出现，原先的和谐气氛就会被瓦解，表面的平衡就会

小话题·大智慧

被打破，躲在明面上的阴暗东西就会陆陆续续地冒出来。如果不加以挽救，这个团队就会瓦解，这就需要大家都放下各种各样的戒备之心，重拾互相信任的信心，才会赢取良好的局面。

话题八

在财富面前要保持你的独立判断

　　繁荣和富有是上天恩赐的礼物，它既是一种特权，更是一份责任，其中还能起到制止邪恶，弘扬善良的作用。对于财富的经营就是一种智慧的体现，经营不善就会血本无归，放纵自己满足于理财的愿望，就犹如守财奴葛朗台一般中毒性地敛财，最后为财所困。必须创造性地使用财富，让财富增值的同时，还要它能够造福社会，用于有意义的事业。守财奴式地储蓄财富只会是一种负担，还会对人产生数字概念上的诱惑，产生腐败堕落的影响。用你的智慧去经营它们，让它进入到社会的循环系统里，你需要一个目标和战略，不可听信流言和舆论，不要让这些成为左右你正确判断的因素，你要独立做出合理发展的独立判断，保持人格的独立和尊严，你的财富就是你的领导能力和创造力。

　　密匙：人类天生就是财富的奴隶，但是财富的

内涵不仅仅是有形的物质，它更多的是躲藏在别人看不到的暗处。明处的财富你可以行使你的支配权利，让它按照你的愿望找到它适合归属的地方。你也可以把它们转交给你的子女，让它绵延流传。无形的财富在为你兴旺事业的同时，也会提醒你的责任，你是一个智慧的经营者，那就把财富尽量地回馈社会，造福于社会，不要因为你的犯错就把财富给糟蹋了，这样你就是渎职，有愧于自己的良心和责任。大地的馈赠不是无缘无故的，从哪里来，到哪里去，一切都有一个轮回。

话题九

寻找内心平衡就是一种自我释放

每个人似乎天生就懂得找寻平衡的办法，感觉自己的身体累了，就会想要休息；感到饿了就想着要进食，想着身体凉了就会添加衣服；想到自己的学识不足就要去进修。我们每一个人身处的自然界也是如此，世间万物也是靠阴阳、黑白、好坏、上下、宽窄来平衡的。无论是紧张还是松弛，无论是逻辑与直觉，还是理智与情感，理想和现实，都是自

明与暗的角力

小话题·大智慧

然界中存在的平衡法则。尝试内心的平衡往往是成功的前提条件，成功的平衡点就是保持谦虚，这会使人不断地提高地位，增值自身的价值财富；失去了这种平衡，就会对世界不是要求得太多，就是要求得太少，并招致灾祸，导致失败。最令人愉快的状态就是保持在过剩与不足、富足与贫困、极权与无助、傲慢与谦卑之间，在任何情况下，你都可以保持你的平衡。

密匙：你是这样的人吗？你倾向于自我的评价是很有用的，但是你又很抗拒和拒绝别人来剥削你，你就会与别人之间无形地垒起一道篱笆，隔绝你与别人之间的距离。这样的结果可能就会导致别人把你的谦虚和慷慨理解为软弱，就想从你的头上直踩过去，你要保护好你的合法权益，还以颜色。知道了自己的弱点，你要逐渐增进你的内在素质，让别人感到你是能够给别人带来好运的人，而不是操纵别人让人感到威胁的人。与此同时，你要让别人能够相信你的平衡观点，同时你也要表现出你对于别人也同样会寄予相同的希望。

话题十
学会期待成功和享受欢愉

　　在你事业的道路上做出了几番努力和付出之后，你和你的团队总是渴望周围的和谐和内心的满足。既然有付出，就要有回报，这是天经地义的道理，并从长远的角度看，幸运总是伴随着本来就应该属于他们的人。这样的人头脑总是存在随时迎接机会挑战并充分迎接机会的状态，他们展望未来，并能够相应地采取行动，抱着建设性的态度，发现幸福和拥抱幸福的时候，也就创造了快乐和谐的环境。这样的人身上总是会像怀抱阳光一样，他们的热情也吸引了许许多多前来与之合作的人，以他们身上最美好的东西继续地辐射开去，就算是受了短暂的打击和折磨，也仍然保持乐观的心态。成功和挫折都是事情的结果，如果消极地对待的话，整个人的身心都处在了疲软的状态，其最终结果都是失望的。积极向前看，不要把无限制的期待强加到自己身上，立即采取行动应对，才是最好的结果。

　　密匙：与这种态度相反的是，认为一切表面现象都是基于"运气好"的结果导致的，只需要等待就可以实现的目标，并且还因此嫉妒别人的幸福。当没有得到自己所期望的结果时，就埋怨是自己的运气问题出了毛病，一旦开始进入稍有改变的转机的时候，却又夸夸其谈自己的好运，这些都是最后

明与暗「思虑篇」

明与暗的角力

小话题·大智慧

招致不好结果的开始。要不断地改变自己，学会让自己从最简单的快乐中享受到真正属于自己的幸福，不要害怕遭受暂时的挫折和困难，满足就是享受着快乐，努力就是正在享受之中。

明与暗的角力

　　天下有始，以为天下母。既得其母，以知其子；既知其子，复守其母，没身不殆。塞其兑，闭其门，终身不勤。开其兑，济其事，终身不救。见小曰明，守柔曰强。用其光，复归其明，无遗身殃；是为袭常。

　　　　　　——《道德经第52章》

明与暗的角力

小话题·大智慧

10

明 与 暗

『谋略篇』

话题一
选择正确就是选择了成功

明与暗的角力

小话题·大智慧

人生一旦选定了自己的人生目标，就要努力朝着这个目标前行。只要是在过程之中谨守自然的规律，潮涨潮汐之间洞悉起伏升降，阳光和阴雨天的时候知晓暗明。每个人都是领导者与被领导者，追随每一个人生目标，或者是追随某一个人的步伐，其实就是选择了自己的人生方向。选择与高超的人打交道，无形之中就是对自己能力的提升，你的认识能力和悟性也会值此得到提升。相反，你要是跟一个白痴打交道，你的生活也就没有了明确的方向，你的前进目标就会偏离了你的原定设想，浪费了你的自身能量，更会让你消耗掉宝贵的资源。你要随时改变自己的结构优势，不断制定因地制宜的发展目标，同更多有价值的人建立关系，你的内心会告诉你将会在哪一方面或那一个领域里取得进步。你不要忽视应该要遵循正确的指导原则，首先要把不良的关系抛诸脑后，尽管这种关系也许能够有点作用，但你要让自己习惯于"有良好的精神状态"，你会惊讶地发现自己习惯的改变，而适应于这一切对你来说就等于是一个质的飞跃。这就是"物以类聚，人以群分"的原因。

密匙：当你开始意识到人生中人群的关系和它的潜在意义的时候，你就会主动找寻有意义的团队和生活圈子，让一切愚昧和虚伪的惯性从自己的生

活消失，再重新融入合拍的关系中找到生活的快乐源泉。你也不需要为了迎合别人而去做你不喜欢的事情，更不要以虚荣之心来应付对你提出要求的人。当你建立了新的关系，别人也会加入你的圈子和事业中来，也许有人会因为冒犯了你而羞愧地离开，你不必用妥协和恳求的办法加以挽留。只要你忠实于你自己的人生价值观，你周围的一切就都会正常运转的。

话题二
不因陈守旧的开阔之道

　　混乱的终结就是良好秩序的开始，不破不立就是置之死地而后生的决心体现。在很大的程度上，以时间作为证明，某种情形已经成为定局，曾经参与其中的任何环境都早已物是人非，对错与否都已经不是衡量结果的杠杆，这个时候最重要的就是我们要引流继续前行的方向，而不是引导停滞和衰退。正面的做法就是用时间作为良性的推动，让所有的惰性和埋怨都止步在过去历史的尘埃中。从既有的合理模式中找到新的契合，打破以往的旧模式，并从陈旧的框架中跳脱出来，重新打开一扇明亮的窗口。即使是最为坚固和顽强的阻力，都不会成为新事物的"挡路者"。

密匙：对待顽强和顽固的阻力，不能听之任之地一味放纵，这都是无济于事的，并且也会给后续的一切带来越来越多的负面影响。要想跟过去的一切一刀两断，首先就要控制并终止潜意识里新思维与旧思维的对立关系，从而使我们成为自己命运的主人，不屈从习惯的奴隶。最明智的方法就是换取一种全新的思维，从而满足正当要求，建立新的良好秩序。

话题三
坚定地站在正确的立场上

事业的发展都是从最普通和最简单开始，慢慢随着经验和阅历的增长，才开始崭露头角，也做出了自己骄人的业绩，这时就是你上升的契机。但此时也是衰退和停滞不前的危险开始出现的时候，但是，只要是开头的基础打好了，这样的危险还是可以避免的。一旦身居要职，很容易被积聚过多的权力所诱惑，从而忽略了事物的其他方面，会由此引发不满的人的嫉妒和对抗，因此而扰乱了自己内心的平衡。你应该让别人分享你的诀窍和智慧，下放你的职权，鼓励自治。这样就让别人也为你服务，同时也是令他们感到很骄傲和满足，不再挖你的墙脚，特别诚心地帮助你，他们相信你的真知灼见会给他们带来有益的帮助。在影响力和权力上升时期，你会充分利用每一个机会，站在你的立场上，坚定地按照自己的原则和内心的道德准则标准去做。满足成功是很容易的，要记住，用卑微的起点产生的进步是不会长久保持下去的，而过分地依赖外部的成功来维持自己的自尊，也会遭到底气枯竭的警告，而这些都是你不能够完全控制得了的。一切的立场能力就在于你的自身，存在于你的内心中间，稳定住它的定力，就是你的成功。

密匙：其实你也会从别人那里获得支持，以此来增加自己的自信心。志趣相投的人加入到了你的团队，你的事业团队就越来越大了。你们一起共同前进的同时，你的朋友也会从你的身上学到智慧，别人给你的帮助就是对你的支持。尽管在前进的道路上你还会遇到阻力，你也无需顾虑什么，那都是可以克服的小障碍。既然已经达到了你自己希望的位置，你就要用诚信和慷慨为别人树立榜样。人们都知道你是一个聪明的人，他们也都很喜欢与你分享你的聪明智慧，与你一起共事并共享快乐，你能够给到他们所需要的东西。

话题四

智慧与知识的最佳结合

明与暗的角力

小话题·大智慧

　　有智慧的人就会有头脑，人的头脑里大量地积累着知识的语言和行为，从而又反过来丰富着自己的智慧。通过学习科学文化知识，我们自然都增长了智慧，从学习中，我们更是掌握了通往其他学科的科学大门的钥匙，通过不断地实践，我们能够成为运用这些经验的行家里手。但是我们也存在着鲁莽或者是滥用这些知识的危险，我们要知道科学只是奴仆而不是主人，知识只会是掌握在有识人士的手中。事实一旦被用于有益的事业时，它才能成为好事，知识的运用过程也就是知识得到释放的过程。只有让知识围绕有意义的中心区发展，使之成为有本之木的时候，它的价值才是被运用到最大化。只有这样，一切的智慧努力都会在大局中显示出它的意义。从另一方面讲，单纯的书本知识的积累只会干扰大脑而不会使其丰富。也有些受了教育的人，生活能力还不如一个大字不识的农民。

　　密匙：不要鲁莽地、不加区别地使用知识，知识的运用最好是等到契合到有意义的事情的时候才去使用。既然只是受制于人的智慧，抱定不会更多浪费时间和相对谨慎的态度，你的智慧首先就会趋于在各方面得到开阔和提升。不要像一条老黄牛那样地使用力气，在知识和智慧面前，任何的死气力

都是毫无作用的，人才是智慧宝囊的真正主人，你要是真正懂得其中的道理，它会把你带到幸福之中，让你拥有理想和希望。

话题五

审慎的成功就是避免涉险

在异乎寻常的时候，我们所做的一切努力都将是巨大的付出，如果自身具备必要的自强，即使是置身在异乎寻常的环境之中，都始终会有发展的空间和余地。面对紧张的环境，每个人都要打起精神来，保持住自己的居高临下的地位，要明白自己有没有处在危险的处境，对待每一件事情都要小心谨慎。越是在异乎寻常的时候，就越是要小心小心再小心，好与坏的形式扭转往往就是一瞬间的事情，毁灭就在很短的时间和距离中发生的，就连最好的朋友也救不了你。关于采取审慎方法的人也许就能躲过这一劫，并且还可能会在险峻之中求得胜局，并凭借内心的强大开辟新的局面，取得新的进展。

密匙：审慎的思辨才能往往会在最关键的时候对你有所帮助，就像是扎根在思想的沃土上一样，人们就是要在这样的前提之下让有思想的人逃离"疏漏"的追讨，把更加严谨的计划建立在原有的坚实基础之上，只有做这样有准备的人，才会避免涉险的危险，并始终保持在安全的境地之上。

话题六
保持内心的温和与清澈

一个人要是缺乏生活的目标和焦点，内心就很容易出现混乱的局面，首先是他自己的思想显得是混乱一片，他的内心早就已经被来自外面的力量所颠覆。我们需要保持我们纯洁的内心，只要我们的内心是温和而纯净的，尽管周围的环境还是一片模糊和混乱，但是我们的头脑却不会产生混乱。一个清醒的头脑会让我们从事情暗藏的事物当中窥视初期隐含的东西，这有可能就是生命的意义和宇宙生命的力量。恍若有一颗明亮的星星在前方指引，外界的各种各样的影响对于你来说都是毫无意义的，无论来自哪方面的影响都不能对你造成更多更大的影响，你始终不会偏离自己的航道，更加不会惧怕衰老和死亡，因为你早就接受白天和黑夜，光明与黑暗，生活和死亡的自然法则。你的内心纯洁，也为你带来内心的静谧，让你把持好生活的平衡，不走极端，这样你就能充分地利用环境，享受幸福。

密匙：内心的纯洁是要有生活的目标做焦点，你所要的只是为了满足自己的一点私欲，你只是想

明与暗的角力

小话题·大智慧

明与暗的角力

小话题·大智慧

要变得更年轻一些，自己的模样变得更加的漂亮，你的事业也要一帆风顺，你的竞争对手都已经成了你的手下败将。这样的内心往往是不够纯洁，也更加的谈不上清澈，目的性太强的同时，利己主义的思想太过严重，甚至还走极端，这是很不可取的。不要把事情过于理想化，一旦你的期望和理想幻灭，你的内心就更加得不到一丝的纯静与安宁了。

话题七

持之以恒是
洞悉一切明与暗的关键

自然界有些秘密一旦洞悉，就像一扇窗口向我们打开，里面的神秘世界就是我们生活在自然界中的密匙。自然界的秘密就是在于耐心和持久，同样地，成功往往也是靠坚持不懈和持之以恒所努力的结果。虽然有些人看起来是一夜成名，获得了成功，但仔细考察就不难发现，这样的成功是由无数次的努力和失败叠加起来后得出的结果，如果没有长期的时间和工作积累的话，要想获得成功是几乎不可能的事情。人与人之间的关系也是如此，要是没有彼此之间的牢固友谊，是没有关键时候的出手相助的。对于任何事情既然已经建立起来的习惯和秩序，都要持之以恒地保持好维护好，并随着时间的推移，发现问题的表面和暗中的真实，再运用你的智慧把它们加以化解，这才是最见功夫的解决问题的高明之举。

密匙：我们对于新的观念往往会让时间作出考验，以确保它的适应性如何，同样地，对于已经建立起来的习惯所进行的改造，也同样需要时间作为考验。我们不停地使用新的工作模式和思维模式进行对生活经验考查的时候，往往都会采取灵活而富有弹性的方法，但绝对不会把变化强加在现有的秩序上面。就个体行为而言，习惯性的改造，要么就是别人从潜意识里接受它，要么就靠压力强迫它。用持之以恒的办法来浇灌试验田里的嫩苗，耐心等待，往往就是最好和最成功的方式。

话题八

用自己的内心强大恫吓对方

白天是阳光明媚的时候，一切能够见到太阳、能摆到桌面上的东西都是可以亮出来的。晚上是暗淡的时候，很多时候都是用来休息和放松的时间。这是人的生命历程所追寻的自然规律使然，也是自然界的客观变化周期，我们调整行动

明与暗 「谋略篇」

明与暗的角力

小话题·大智慧

的节奏并且是与生命的韵律协调一致。有时候需要扩展、进步、进取，有时候则需要守时、稳固、停留。如果我们这样去做了，我们就能够表现出我们的聪明、体面、得体，就可以保持我们内心的力量，将潜在的实力因素转变为对现实有利的因素。总是会有人对你的行动和外表表示关注，并且滋事惹祸，这种人并不懂得生活和自然之间的关系，贸贸然就"以下犯上"做出过激的行为。我们在保持自尊和自信的同时，就应该表示出自己的威严，不是以厌恶来斥责，而是靠自身的威严和正义恫吓对方，这样做本身就是一种体面。

密匙：当我们最初注意到自己的发展并因为需要而不得不停止的时候，我们自己的内心可能会感到失望和害怕，失去信心和怕丢面子都是真实的心情，偏偏这个时候，以往都躲在暗处的小人纷纷来指责你的不对，让你的责任心和影响力都受到质疑，你往日的光彩也早就荡然无存。这个时候就不能急躁，要好好地调整自己，尽量地忽略面前的障碍和阻力，不要怕自己的形象会受伤。要不声不响地守住自己的失地，用你的尊严，你的信用，你的高贵来限制对方的进一步挑衅。

话题九

做每一件事情
都应该赋予它生命

在生活中想要做任何的事情都需要我们有充足的生命能源，这种生命的能源是从我们每一个人的潜意识源泉中流出来的，它是大自然的慷慨恩赐。我们必须拥有智慧和机智，才能够很好地对这些能源进行充分地利用。我们也必须听从自己的意志，因为自身的意志也会告诉你什么是好的？什么是不对的？什么是明的？什么是暗的？听从的目的就是为了选择正确，就是为了做好每一件事情，并且在做好这件事情的同时，用自己的机智去赋予思考的灵感，并且使它赋予生命。千万不要像一头公羊那样冲动冒进，不加区别地将你的能量盲目地释放到生活中的力量角力方面。而是要用智慧来做引导，我们就能够以最小的代价，取得最辉煌的成就。

密匙：我们在做事情的时候，最需要记住的就是不要把自己的生命能源在毫无意义的歇斯底里的无聊行为中消耗殆尽。我们要将自己的能量留待最需要的时候，在一些突发而来的事情上再发挥出来。任何情况下我们都应该拥有智慧和机智，才能够把你的能量充分地运用好。另一方面，我们必须准备在必要的时候将自己的全部心身都投放在有价

值的事业当中去，想到这样子做出来的事情已经是被你赋予了情感，是在最合适的环境中诞生的，成功的喜悦就会荡漾在你心头。

话题十
前进的步伐需要调整

我们在追求事业成功的同时，也在追求着自己的人生。生命在被别人欣赏，谋求晋升，期盼发展的过程中逐渐被消耗掉了。在生命和事业的进程中要想稳步前行，就要克服阻碍，还要避免陷阱。正如大家熟知的道理一样，成功的秘诀就是你自己本身。把自己奉献给一件有意义的事情，或者是做某一样的事业，带上你的同盟者，朝着共同的目标前进。每一个人都会收获好处，环境的熏陶，具有光明德行的人形成了志同道合的阵线，从一开始就目标明确，步伐一致。大家的价值观、品行、理想和追求都是大致形同，同样的信心和理性推动着人们继续向前。只是在前进的道路上，会因为需要而不断做出调整，才不会有脱节的情况发生。

密匙：在前进的道路上，我们都会预见到可能会出现"顺风"或"逆风"的情况发生，只是这个时候就要我们拿出更大的耐心和勇气，努力并且是坚定地继续驾驭这艘已经扬帆出海的航船。驾驭它并不是焦虑或者是掉以轻心，不要让路上的其他事情对它造成干扰，任何的轻率和冒进，甚至是想以"走捷径"的办法都是不可取的。为了清除道路，需要付出更大的努力，假如现在所走的路是不足取的话，就要做出重新的调整，以求找到正确的道路，让事业早日步上良好的轨道，这才是最有意义的现状。在任何情况下，适当的调整就是为了保持正确的航向，保持忠诚、自信，是最终能够获得成功的最基本保证。

明与暗「谋略篇」

明与暗的角力

小话题·大智慧

修身室结语篇：如果我们曾经在《上与下的解密》和《宽与窄的纠结》两书中对生活和职场中各式各样的事例进行剖析，目的就是力求最大限度地对此类话题的内涵触底，作为生活和职场实际操作的借鉴，达到举一反三的效果。《明与暗的角力》则从另一个视角，通过明与暗的对立，进一步涉及到不同思想和内心的深处。尝试从更高的层次着眼，搜取世界级大师和名人的成功例证，经过不同的类比手法作进一步的深层次探讨，视野越加开阔。也许作为读者的你也会有同感，每个人从一踏入社会起，你就是一个"爱憎分明、眼睛里揉不不得一粒沙子"的人。经过生活的磨练，你的想法开始有所改变，从原来的血气方刚的风格，变成含蓄内敛的沉稳型性格，因为此时的你，已经是在人生的百步阶梯之中徘徊。你要的是冷静、深邃和准确，任何的草率行事都会给你造成不可估量的损失，如果稍有不慎，恰好落入别人设定的圈套里，那就更加后悔莫及了。你已经掌握的经验也在提醒你：做人要有雅量，要心胸开阔，才会真正成事。如此，雅量和气度的韵味才会更加地绵长。就像本书的开篇一样，我们列举了历史上许许多多的世界级的名人雅士，对他们的成功之道和不一样的人生境遇进行剖析。他们每一个人的成功手法都不尽相同，之所以为我们所称道的成功事例也不是我们能够完全照搬的，他们每一个人的成功案例都绝对不会是一种偶然。这些人之中的大部分人都是尝过生活的艰辛味道，在逆境中品咂过人生百味，在艰苦的环境中领悟过人生的真谛，然后才经过自己的不断努力，一步一步地搭建起自己的理想王国，最后终于登顶成功的。

在"明"与"暗"的关系中，明是正直、光明、希望的代名词，是我们每个人都向往和希望与之相依相伴的理想目标。暗则是黑暗、绝望、压抑的同位语，也是人人不想与

明与暗的角力

小话题·大智慧

之有瓜葛，隐晦的心理暗示。有时候它们对人的内心也是充满着"操控欲望"的，要以"心向往之"的意愿作为先导，内心的自我就会循踪迹而行。此时"明与暗"的角力就会显示出真正的较量，每一个人就会在这种时候扮演各自的心理"裁判"，偏向哪一边，结果自然就会按照你的愿望揭晓。